A INQUIETANTE GÊNESE DO NADA

Alfredo Guimarães Garcia

A INQUIETANTE GÊNESE DO NADA

LetraSelvagem

Grafia atualizada segundo o Acordo Ortográfico
da Língua Portuguesa de 1990, que entrou em vigor no Brasil em 2009.

O logotipo Letra Selvagem *foi idealizado a partir de cerâmica Aruak, padrões utilizados nas bordas dos vasos, compilados por Koch-Grunberg em 1910.*

Coordenação editorial: Nicodemos Sena
Editora executiva: Marli Aparecida Perim
Designer editorial (capa e miolo): Cesar Neves Filho
Imagem da capa: gravura de Elieni Tenório
Preparação de originais: Nicodemos Sena
Revisão: Aline Hesse Garcia
Representante comercial: Marcelo Nogueira

Dados Internacionais de Catalogação na Publicação (CIP)
Angélica Ilacqua – CRB-8/7057

G432m
Garcia, Alfredo Guimarães, 1961-
A inquietante gênese do nada / Alfredo Guimarães Garcia.
– 1ª ed. – Taubaté, SP: Letra Selvagem, 2025.
204 p.

ISBN 978-65-89841-36-4

1. Literatura Brasileira – Romance I. Título.
CDD – B869.3

LETRA SELVAGEM
Rua Cônego Almeida, 113 - Centro – Taubaté-SP/Brasil. CEP 12080-260
Tel. +55(12)99203-3836
www.letraselvagem.com.br
www.livrariaselvagem.com.br
edirtoraelivrarialetraselvagem@gmail.com

"A maior riqueza
do homem
é sua incompletude."

Manoel de Barros (1916-2014)
(*Retrato do artista quando coisa*)

Ao Nada de onde vim, para o quase nada que sou,
e ao Nada ao qual um dia voltarei.

SUMÁRIO

PREFÁCIO

A antropofagia como vingança da beleza

Por Airton Souza[1]

Os processos de hibridações que atravessam as literaturas amazônicas perfazem um jogo performático peculiar. É como se as ações desse processo fossem deglutindo e aglutinando, ou para usar uma terminologia que ficou conhecida dentro do campo das artes, a partir do movimento modernista de 22, que é o antropofágico. Mas, no caso especificamente das literaturas amazônicas as ações antropofágicas atuam também como uma espécie de vingança, exatamente no momento em que é capaz de interrogar os silenciamentos em torno das literaturas amazônicas. Há muitos exemplos, mas dois nos chamam bastante atenção, que é o da poeta Olga Savary, que aglutina em parte de sua poética palavras das línguas dos povos originários, e o do romancista Benedicto Monteiro, que se utiliza de materiais diversos para tornar seus romances antropofágicos.

Neste romance *A inquietante gênese do nada* o escritor brasileiro Alfredo Guimarães Garcia nos mostra com maestria como o processo antropofágico amazônico pode ser múltiplo, para além de uma simples vingança. Pois, no corpo textual desse romance Alfredo Guimarães Garcia faz delinear em nós as vertigens entre a vida e a morte, através de uma linguagem híbrida, heterogênea, multifacetada, aproximando, por exemplo, a escrita e a oralidade em um jogo disjuntivo de significações.

O antropólogo Fernando Ortiz, se tivesse lido *A inquietante gênese do nada*, escreveria "eis aqui o grande exemplo ou a grande

[1] Airton Souza é escritor. Seu romance de estreia *Outono de carne estranha* venceu o Prêmio Sesc de Literatura 2023.

síntese da transculturação por meio da linguagem". O fluxo da linguagem nos reconecta com o que há de mais tênue entre a vida e a morte. As marcas em torno deste fluxo fazem reverberar uma polifonia que é, por vezes, desassossegante, e cumpre um dos papéis fundamentais das literaturas, que é o de inquietar os sentimentos humanos. Esse não é um romance para ser apenas lido, mas relido. Há nele um dentro e um fora que obrigará o nosso eterno retorno, isso porque Alfredo Guimarães Garcia convocou para dentro desse romance *um coro de mil vozes*, que já não se contenta com o silêncio, e entre pedras, águas, árvores e estrelas, aprendeu a gritar. Uma das questões centrais do romance é essa: quem dentre nós está preparado para a vida e para a morte? Não há resposta possível porque a multiplicidade imagética em *A inquietante gênese do nada* é fazer com que possamos sentir em nosso corpo a vingança através da beleza da linguagem, e somos levados nessa história a mergulhar, a ir, *cada vez mais sendo levado para o fundo do fundo de todo aquele mundo de silêncios das águas*.

Belém, fevereiro de 2025.

PARTE I: QUANDO EU MORRI

"Cumpriu sua sentença. Encontrou-se com o único mal irremediável, aquilo que é a marca do nosso estranho destino sobre a terra, aquele fato sem explicação que iguala tudo o que é vivo num só rebanho de condenados, porque tudo o que é vivo, morre."
Ariano Suassuna
(*O Auto da Compadecida*)

CAPÍTULO I: QUANDO EU MORRI

The stars are not wanted now, put out everyone.
Pack up the moon, dismantle the sun.
Pull away the ocean and sweep up the wood.
For nothing now can ever come to any good.
W. H. Auden (1907/1973)
(*Blues Fúnebre*)

Quando eu morri, todas as luzes se apagaram. Todas. Ao menos para mim, o que era luz no mundo se extinguiu. Adeus, noites luminosas de Toronto, Canadá, São Paulo, Curitiba, Canela, Gramado, Porto Alegre, Rio de Janeiro, Niterói, Belém do Pará, Bragança, Capanema, Castanhal, Canoas, Montenegro, São Leopoldo, Lajeado, São Chico de Paula, Adeus, adeus, adeus!

*****

Era como se eu estivesse caindo dentro de um imenso buraco negro, como aquele em que Alice, no tal País das Maravilhas, acabou por cair. Um buraco negro, como pouca gente sabe — mas deveria saber; esse que é o dilema do ser humano: saber tão pouco sobre tanta coisa! —, ele é a consequência da evolução estelar; em outras palavras, como também ouvi certa feita, o buraco negro "é o resultado da morte de uma estrela supermassiva".

Poético: quando eu morri era a minha morte dentro de outra morte, que resultava num renascimento, numa espécie de perpetuidade dos seres no planeta. "Tudo que vive, morre", sempre me alertava minha tia, bem lá pra trás, na infância, quando eu e meus primos e primas choramingávamos, moleques ainda, na hora em que ela, sábia, passava a faca amolada no pescoço de um dos frangos do terreiro, mormente aquele que havíamos elegido como o nosso "escolhido". A morte dele — e ela me elegia como o que ia aparar numa panela menor o sangue que jorrava do pescoço do animal, o que a mim tornava uma espécie de cúmplice daquele ato carnívoro — ia ser a redenção para a nossa fome de curumins, mas ainda assim chorávamos pela perda. Essa mesma tia volta e meia usava outro ditado bem assertivo quando achávamos um bicho na metade da goiaba:

— Triste de um bicho que o outro engole!

*****

Voltando ao buraco negro: era como se nele coubessem todas as angústias, todas as heresias, todos os sonhos que são sepultados, notadamente, com as pessoas, quando estas morrem. Um universo, o meu, não dentro de uma casca de noz, mas esparramando-se no centro de um buraco negro, que poderia ser do tamanho de uma uva...

— Se você quisesse fazer um buraco negro da Terra, você teria que pegar a Terra toda e espremê-la ao tamanho de uma uva.

E eu indo na descendente, como se voasse, mas sem o anteparo das asas, como se flutuasse, mas sem ver nada em nenhum dos lados, até mesmo porque não havia lados no buraco... O ar parece estar faltando, o peito fica oprimido. A respiração é quase nada. Não sinto calor, nem frio. Simplesmente vou caindo, caindo... Penso que estou dentro de um sonho. É como se sonhasse um sonho dentro do outro.

*****

Explodem milhares de fogos de artifício na minha cabeça. Muitas vozes se multiplicam. Vejo gente que nunca mais tinha visto. Vejo mortos que sorriem à minha passagem. Alguns me acenam com suas mãos esquálidas, descarnadas. Outros levam o dedo indicador à boca e pedem silêncio. Tento falar algo, mas é impossível. A voz parece ter se exilado de mim. Abro a boca, mas nenhum som é articulado. E sigo em queda livre.

Algumas sombras voejam sobre a minha cabeça. Ouço nítidos assobios de um lado e de outro. Ouço uma voz que não distingo de que lado vem, já que, como disse antes, aqui não existem lados, somente uma massa amorfa, compacta; mas, dá para ouvir nitidamente o que diz a tal voz; ela sopra duas palavras com um bafo quente que parece ser o de uma fornalha: bem-feito. Bem-feito? Que merda é essa? Exijo ao menos um julgamento digno, com promotores, advogados de defesa, um júri e um juiz, um nobre juiz impoluto! Mas tudo que ocorre é que vou caindo, caindo, e a voz monocórdica, repetindo: bem-feito!

Bem-feito. Bem-feito. Bem-feito!

Por que isso, como a me praguejar, se não lembro de — durante a minha vida toda — ter feito mal a criatura alguma? Ou será que fiz e não me lembro?

Bem-feito. Bem-feito. Bem-feito!

*****

De repente deixo-me abandonar ao sabor das circunstâncias. Deixo-me levar. Relaxo. Flutuo. O ar em movimento me conduz. O caminho parece não terminar nunca. Mas há caminhos ditados pelos ventos, e presos aos ditames do acaso? Rememoro até antigas lições da escola:

— O vento é o ar em movimento...

Vento... Vento... Vento... Vento... Caio ainda mais neste buraco negro. Afundo neste mundaréu de etérea consistência.

*****

Engraçado é que não vejo anjos como imaginei que fosse ver na minha morte. Talvez ainda não seja o momento de vê-los, afinal não sei qual é o regulamento desse universo ao qual estou chegando agora, e nem mesmo sei se há alguma regulação firmada. Mas é então que me alegro, ao fazer tal constatação, pois penso que talvez não seja ainda a minha hora. Mas sigo caindo, massa amorfa dentro do dia, da tarde, da noite.

Ouço outra voz que leciona a mim o que talvez agora já nem faça mais sentido, muito menos desperte meu interesse:

— Diferentemente do que muita gente pensa, e do que é muitas vezes retratado nos filmes de ficção científica, os buracos negros não são necessariamente um objeto maligno e misterioso que vai sugando tudo impiedosamente.

Diga isso para meu corpo, que vai sendo sugado por essa bocarra sem dentes, esse imenso Nada que me deglute!

*****

Há quanto tempo já devo estar nessa queda livre? – penso eu enquanto estou caindo. Depois reflito que pensei bobagem: aqui o tempo não existe. Ou não devia existir. Neste imenso Nada (buraco negro em que afundo) outro universo se constrói, como se dentro dele coubessem mil e um outros mundos, alguns que já vi e vivi; outros em que meus olhos percorreram trilhas de sílabas, linhas, histórias que ocupavam páginas.

— Se você tirasse o Sol e no lugar dele colocasse um buraco negro que tivesse a mesma massa que ele, os planetas poderiam estar em órbita em volta desse buraco negro da mesma forma.

Talvez seja isso: estou orbitando feito um planeta, ou mesmo um planelúpede, ao redor dessa imensa cratera. Portanto, deduzo, não há saída. Nunca houve, jamais haverá.

*****

Uma espécie de nuvem amarela passa, lépida, ao meu lado. Não consigo vislumbrar o que e nem quem seja. Depois vejo que era um borrão de cores se transformando numa imagem de menina, loira, laço nos cabelos amarelos-ouro e vestido azul-celeste.

— *Hello! My name is Alice. What's your name?*

E o eco dessa voz e dessas palavras na minha cabeça admoestando que já era tarde, muito tarde, se soma à da outra voz que se imbrica com essa de agora, tudo dentro da minha cabeça, numa azáfama.

— *Hello! My name is Alice. What is your name?*

— *Bem-feito! Bem-feito!*

Parece que de mim debocham — sim, esse é o sentimento — as duas vozes, agora justapostas, terrífico coral que constrói meu pesadelo:

— *Bem-feito! Bem-feito!*

— *Hello! My name is Alice. What is your name?*

*****

Penso em responder com as velhas fórmulas aprendidas na escola, indagar, cutucar, mas cadê que me sai a voz da garganta? A voz parece emparedada, represada como rio que tivesse visto se esvair suas águas.

— *Hello! My name is...*
— *How are you?*
— *Nice to meet you...*
— *Are you from...*

E as vozes, debochativas, repetindo *ad aeternum*, enquanto caio nesse universo sem pé e nem cabeça, e a mim nem meu próprio corpo obedece...
— *Bem-feito! Bem-feito!*
— *Hello! My name is Alice. What is your name?*
— *Nice to meet you...*
— *Are you from...*
— BEM-FEITO! — um coro de mil vozes, desafinado, grita.
Tudo escurece.

CAPÍTULO II: MENINO DIANTE DA MORTE

Eu deixo a vida como deixa o tédio
Do deserto, o poento caminheiro,
— Como as horas de um longo pesadelo
Que se desfaz ao dobre de um sineiro;

Como o desterro de minhalma errante,
Onde fogo insensato a consumia:
Só levo uma saudade - é desses tempos
Que amorosa ilusão embelecia.
Álvares de Azevedo
(*Lembranças de morrer*)

Quando eu morri houve um silêncio. O Silêncio. The Sound of Silence.

— Hello, darkness, my old friend
I've come to talk with you again
Because a vision softly creeping
Left its seeds while I was sleeping
And the vision that was planted in my brain
Still remains
Within the sound of silence.

Foi como se todos os barulhos do mundo houvessem cessado. Como se todos os silêncios fossem só um, e assim, multiplicados, houvesse ainda mais silêncio no Universo.

Sobre a Paz e o Silêncio, que disseram mesmo os poetas? A mim me acorre rápido, neste turbilhão em que me encontro mergulhado, esta "Confissão" do gaúcho Mario Quintana.

Que esta minha paz e este meu amado silêncio
Não iludam a ninguém
Não é a paz de uma cidade bombardeada e deserta
Nem tampouco a paz compulsória dos cemitérios
Acho-me relativamente feliz
Porque nada de exterior me acontece...
Mas,
Em mim, na minha alma,
Pressinto que vou ter um terremoto!

Acaso será este terremoto que se está a desencadear em mim? Acaso será este irromper das peles da terra, nesse caso da minha epiderme aqui transigida, que se está a engendrar? Confesso que não sei, não sei mesmo.

Falemos de outro poeta, de uma mulher, das melhores: Cecília Meireles.

Não digas onde acaba o dia.
Onde começa a noite.
Não fales palavras vãs,
Sem pensar.

Ah! Cecília, vem e pisa de mansinho no meu caminho sem palavras. Ela me diz: *Desfaze-te da vaidade triste de falar.* Com efeito! Que solidão mais triste a nossa, esta que precisamos preencher com palavras, seja nas páginas em branco que se apresentam, seja no estar frente a frente, olho no olho, face a face, quando até mesmo em diversos momentos as palavras nem são imprescindíveis, mesmo assim as dizemos.

E ela me diz mais: *Pensa, completamente silencioso...* Heureca! Esse devia ser o ápice da civilização, o "pensar silencioso". Quantas guerras, quantas tragédias a serem evitadas pelo prisma do exercício do Silêncio. Se, como querem os moderninhos filósofos da contemporaneidade, pensar requer mesmo ócio do corpo, acho que Cecília nos define, no sentido de que é mister, para se pensar, o mergulho em seu próprio silêncio.

Como ela mesmo finaliza o poema e a lição para todos nós:

Até a glória de ficar silencioso,
Sem pensar.

Ou seja: o Silêncio Absoluto, aquele abismal. Aquele que a mim leva a outro poema, este do mexicano Octavio Paz:

Assim como do fundo da música
brota uma nota
que enquanto vibra cresce e se adelgaça
até que noutra música emudece,
brota do fundo do silêncio
outro silêncio, aguda torre, espada,

Há que se dizer mais o que do Silêncio, quando tantos poetas assim o deslindaram? Que ele é um grito que se desvanece? Que não devemos falar palavras vãs, essas tais palavras do mundo? Ou mesmo que ele, o Silêncio, em si tão ensimesmado, nunca será a "paz de uma cidade bombardeada e deserta". Eis que emudeço e mergulho em outras esferas, em águas quase abismais.

*****

Empós, veio outra sensação, quando eu morri: foi como se mergulhasse num rio de fundo infinito, rio esse em que a água fosse tomando conta do meu corpo, como delicados braços que me abraçassem, enredando, teia líquida, bem mansamente, aos poucos, devagar e sempre.

Foi como se tudo ao meu redor houvesse congelado: o tempo, as pessoas, as coisas, tudo mesmo.

Foi bem parecido quando eu era criança e, certa feita, me atrevi a enfrentar o rio...

*****

Pois lembro muito bem: O Dézinho era arisco como o quê. Moleque que se punha com a maior facilidade em cima de burro dito chucro, armava arapuca, era ardiloso nas manhas das pescarias. Só não queria mesmo nada era com os estudos, mas eu estava para ver moleque nascido que pudesse ao menos se igualar, porque superar o moleque, arre, ia ser arte do demo, ora se não!

Sarará com olho de saci esperto, corpo mirrado que parecia bailar dentro de um calção maior que ele, ainda assim era quem comandava, era o que dava as ordens para a molecada, os miúdos como dizia meu avô – eu aí incluído.

O moleque, mesmo sem ser instruído, sem ter vocação para se escolar, tinha muita arte no lidar com as palavras. Se ele falava alguma coisa, aquilo virava lei, convencia. Arteiro e sedutor com as palavras, vai que um dia o Dézinho se saiu com essa:

— Quem é que topa pular de cima da ponte nova para o rio?

Assim ditas as palavras, o ato parecia de uma simplicidade caseira, coisa similar a pular uma nesga de rio ou saltar por cima da cerca do Portuga para roubar frutas. Mas era bem mais, acreditem.

Vamos aos fatos, pois há quem diga que contra eles não existem argumentos sólidos que se contraponham: se bem me recordo, a ponte era da altura de um pequeno edifício de uns dois andares. Fora construída pelos militares que tinham assumido o governo do Brasil na época. Quem dava as ordens, no tempo da construção, diziam os mais velhos, era um capitão que usava as palavras como se chicoteasse as pessoas.

Esse mesmo dito capitão andou dando umas quebradas de asas pelo terreiro do lugarejo próximo, onde meu tio pastorava como cão bravo as duas filhas dele. Não que ele fosse avesso ao povo de uniforme verde-oliva, até que não, mas é que alguém fez chegar aos ouvidos dele que o capitão era casado na capital e — bem pior ainda! — useiro e vezeiro em constituir "ninhos" fora do casamento oficial. Isso bastou para afastar o capitão da convivência com nosso povo.

Pois bem: até aquele dia, depois dela inaugurada junto com a nascente BR-316, em cujas margens chegavam para morar colonos como os pais de Dézinho, pois até aquele dia não houvera vivente que ensaiasse um salto de cima daqueles paredões de concreto. Mas com o Dézinho era diferente, ora se era!

*****

Para dar cores não digo sombrias, mas um pouco mais realistas ao ato pensado e propalado, devo lembrar que era fevereiro, mês de águas grandes, e que o rio subira muito, ficando, portanto, as águas cada vez mais escurecidas.

Não que eu quisesse botar medo em quem quer que fosse, mas era nesse tempo que se contavam histórias de cobras, de encantados, de afogados que sumiam no negrume das águas.

Tinha mais uma coisa: as nossas façanhas de saltos estavam restritas à ponte antiga, de madeira, que durante muito tempo fora a ligação entre uma margem e outra, e que fora substituída pelos militares que rasgavam estradas pelo país. A ponte de concreto, pois, era o desafio que Dézinho nos jogava na cara.

*****

Medo, medo, eu não digo que cada um de nós tenha sentido na hora do desafio. Receio, vá lá que seja. Quando a gente tomava banho no rio, por baixo da ponte nova, dava para sentir um leve tremor quando alguma Scania, atopetada de seixos, passava seus rodados por cima daquele monte de ferro e cimento. Mas, com o tempo, a gente até se acostumara com aquilo.

Pois, então, vamos riscar a palavra medo dessa página. Não havia medo, medão mesmo não era. Mas, cá comigo, eu imaginava o bafio quente dos carros nas costas, o tremor da estrutura na hora do salto justo quando algum veículo mais pesado passasse. Enfim, essas coisas de receio.

Eu me perguntava se o Dézinho se daria por convencido, acaso eu tivesse argumentado, com meu latim do baixo clero, com essas palavras... Duvido. Tanto que o moleque, vendo a indecisão dos parceiros de estripulia, arriscou um chiste:

— O que é que há? Vão me dizer que estão com medo? Vocês são homens ou ratos?

Quase todos acusaram o golpe. Aquilo era para mexer mesmo com os brios da moçada!

Medo? Ora, medo Dézinho, eu pensei. Medo a gente possuía das histórias que o velho Caninana contava nas noites de lua cheia. Na voz cansada dele boiavam assombrações, entes desconhecidos, Matintas, lobisomens, jurupari, sacis, botos e Cobras grandes.

Era desse jeito: quando a noite tomava a imensidão dos campos e dos roçados, todos lavados pelas águas das chuvas, alguns caminhos tendo ficado submersos, como se novos pequenos rios fossem, com todos seus mistérios aquáticos, ainda que mínimos, quem é que não tremia de medo dentro das cobertas, nas redes, naquelas noites mal dormidas? Aquilo sim é que era medo.

*****

Também, é preciso se dizer, como temíamos as grandes águas que vinham nos meses de janeiro e fevereiro. Caninana contara, certa feita, que houve um tempo que chovera três dias e três noites sem parar, algo como um dilúvio. O povo do lugar ficou rezando e esperando o fim do mundo vir com aquelas águas. Mas o mundo não acabou, é claro.

Havia um outro medo maior rondando as nossas cabeças de curumins: o de ser chamado de covarde. Dézinho sabia de tal coisa, e provocou mais uma vez:

— O último que pular é mulher de padre!

O mesmo Caninana contara, de uma feita, uma história que a ele chegara via um outro compadre que lidava com as letras e trabalhava em um cartório de cidadezinha próxima.

Diz que uma mulher, bem humilde, chegara no cartório e, com toda a singeleza de sua fala, pedira para ver o tabelião, pois queria registrar suas três crianças, já que mais com pouco a mais velha — uma menina de olhos graúdos e castanhos — já teria que aprender as primeiras letras. O moço que atendera a dita senhora no balcão a introduziu no gabinete do tabelião, que acabava de dar atenção a uns papéis de uns afilhados que também tratava de registrar.

A mulher tomou assento. Ao lado dela as três crianças formavam um bolo de gente, escadinha humana. O tabelião falou:

— Mas então a senhora decidiu fazer o registro de seus filhos! Isso é muito bom! Vai dar cidadania e direitos para eles. E um nome! Vão, enfim, ser gente!

O tabelião pegou uma folha de papel e disse:

— Vou lhe fazer algumas perguntas e, depois, encaminharemos para o registro.

— Pois não, senhor!

E assim foi fazendo: nome da mãe, dos avós maternos etc. Até chegar no nome do pai.

— Posso dizer, não senhor...

— Mas como? Isso é imprescindível para fazermos o registro! Não há criança sem pai! Por favor!

A mulher baixou a cabeça. Ficou quieta uns segundos. Depois arribou a cabeça e falou:

— Já que é assim, pelo bem dos meus filhos, eu digo: são todos filhos do padre Beltrano!

O tabelião enrubesceu. Ficou com a caneta que tomava anotações no ar.

— Como assim? Devo presumir que este "santo homem" tenha deixado a batina de lado para gerar estes filhos...

A mulher, com olhar malicioso:

— Não precisou não... Ele só fez alevantar...

*****

Então era daquele jeito... Chamar de "mulher do padre" provocava os brios. Assim, foram saltando os moleques, um após o outro. Por cautela ("Tenha sempre cautela – dizia meu tio —, isso não é medo, é segurança...") fiquei no rabo da fila. Agoniado, mas fiquei por ali. Esperava que alguém desistisse do salto, deixasse de lado o desafio — e eu o acompanharia de bom grado, sujeito ao escárnio e às vaias da molecada. Mas ninguém tomou tal atitude: quem é que queria ser taxado de covarde diante dos outros? Lá iam os moleques atirando-se no ventre negro das águas que os acolhia, e depois iam serelepes nadando pelo rio, meninos que mais se assemelhavam às piabas.

Mesmo com o temor, saltei para o rio. Eu me senti flutuando nos primeiros instantes. Viajava no ar, risco de luz na tarde rumo ao rio. Sentia-me leve, mesmo que com um peso no peito. As águas escuras se abriram para me acolher. Por estranho que pareça, senti meu corpo indo cada vez mais para o fundo. Atordoado, cabeça e olhos ardendo, eu só via águaágua
águaáguaáguaáguaáguaáguaáguaáguaáguaáguaáguaáguaáguaáguaáguaágu
aáguaáguaáguaáguaáguaáguaáguaáguaáguaáguaáguaáguaáguaáguaáguaág
uaáguaáguaáguaáguaáguaáguaáguaáguaáguaáguaáguaáguaáguaáguaáguaá
guaáguaáguaáguaáguaáguaáguaáguaáguaáguaáguaáguaáguaáguaáguaágua
águaáguaáguaáguaáguaáguaáguaáguaáguaáguaáguaáguaáguaáguaáguaágu
aáguaáguaáguaáguaáguaáguaáguaáguaáguaáguaáguaáguaáguaáguaáguaág
uaáguaáguaáguaáguaáguaáguaáguaáguaáguaáguaáguaáguaáguaáguaáguaá
guaáguaáguaáguaáguaáguaáguaáguaáguaáguaáguaáguaáguaáguaáguaágua
águaáguaáguaáguaáguaáguaáguaáguaáguaáguaáguaáguaáguaáguaáguaágu
aáguaáguaáguaáguaáguaáguaáguaáguaáguaáguaáguaáguaáguaáguaáguaág
uaáguaáguaáguaáguaáguaáguaáguaáguaáguaáguaáguaáguaáguaáguaáguaá
guaáguaáguaáguaágua

*****

Meu Deus, eu pensei, para onde foi todo mundo?

Será que o nosso mundo fora consumido por tanta água, assim de repente? Ali estava eu dentro de um inquieto e perturbador silêncio onde as águas me tragavam por inteiro.

Tudo que eu via era aguaáguaáguaáguaáguaáguaáguaáguaáguaáguaáguaáguaáguaáguaáguaáguaáguaáguaáguaáguaáguaáguaáguaáguaáguaáguaáguaáguaáguaáguaáguaáguaáguaáguaáguaáguaáguaáguaáguaáguaáguaáguaáguaáguaáguaáguaáguaáguaáguaáguaáguaáguaáguaáguaáguaáguaáguaáguaáguaáguaáguaáguaáguaáguaáguaáguaáguaáguaáguaáguaáguaáguaáguaáguaáguaágua

*****

Tudo era escuro, a dor no ouvido aumentava, o peito estava oprimido, eu precisava muito, eu precisava urgente de ar ar ar ar ar ar ar ar ar ar ar ar.

O peito doía cada vez mais, meu corpo parecia afrouxar a resistência, eu me sentia cada vez mais sendo levado para o fundo do fundo de todo aquele mundo de silêncio das águas. Fiquei pensando se morrer era uma coisa besta daquele jeito... Será que era?

De repente, como em um filme, cenas de minha vida tão tenra ainda passaram diante de mim. E o peito, a cabeça, os olhos doendo, dor insuportável diante de tanta água. Sei lá como foi, há coisas que não explicamos com toda nossa ciência, mas de repente, daquele torpor de morte, veio uma força de viver me aquecendo por dentro, meus pés tocaram numa superfície sólida e tomei impulso (só depois fui ver o corte no pé, provavelmente uma pedra grande do fundo do rio) e fui rasgando com braçadas de desespero as águas negras do rio, o peito se recobrava, sentia de volta o ar, queria viver e muito, fui tomando pé da situação e subindo, subindo, subindo até chegar à superfície onde a algaravia, os risos, a alegria dos moleques contagiava a gente.

Foi com alegria que ouvi o Dézinho debochar:

— Mas tu demorô muito, hem branco azedo?

CAPÍTULO III: CÉU & INFERNO

Longe das tristes notes tumulares
Quem me dera viver entre quimeras,
Por entre o resplandor das Primaveras
Oh! madrugada azul dos meus sonhares.
Augusto dos Anjos (1884/1014) em *Ecos D'Alma*

Quando eu morri houve o casamento do céu com o inferno. Todos os fogos, pelo mundo todo, tomaram os ares como se fossem uma miríade de estrelas.
Constelações se moveram, o que era impávido tomou movimento. E houve um rasgo no céu de nenúfar, como quando é aberto, por acidente, um rasgão numa calça jeans. Então, o céu veio de encontro à terra, esta mergulhou no inferno, e os lábios entreabertos da epiderme terrena a mim sugaram.

*****

Foi como se houvesse um terremoto, ou ainda – para comparar algo incomparável – feito se mil vulcões entrassem em erupção ao mesmo tempo em mil locais distantes no mundo.

Eu só pensava, não atinando com nada no meio dessa loucura toda, uma coisa, apenas uma, e falava de mim para o vazio:

— Quem é que vai amparar meu corpo?

Como se houvesse alguém no meio daquele nada, que pudesse se ocupar de tal tarefa, na remotíssima hipótese de eu chegar a tocar o solo, se ainda houvesse corpo, e se ao menos houvesse solo, afinal.

O que havia de fato, o leitor pode atestar, era uma profusa confusão de ideias e tempos em minha cabeça, simetrias tão distintas quanto Passado, Presente e Futuro, se engalfinhando como coisas outras, e acontecimentos embaraçando-se a outros, e pessoas se enredando em outras, enredos da minha frágil vivência se enfronhando uns nos outros.

*****

Eu podia jurar que ouvia os acordes da abertura de "Stairway To Heaven", naqueles quase sessenta segundos iniciais, com uma voz grave a mim sussurrando os versos (de quem seria a tal voz?):

There's a lady who's sure
All that glitters is gold
And she's buying a stairway to Heaven
When she gets there, she knows
If the stores are all closed

With a word she can get what she came for
Oh oh oh oh and she is buying a stairway to Heaven

De quem era a voz? Masculina ou feminina? Já não me acode nada disso. A guitarra fazia seus riffs e os versos iam sendo cantados... Seria um anúncio de qual destino estava à minha espera?

Seria uma mera ilusão minha, miragem mesmo, minha, passageiro do ilusório e do efêmero que eu era? Enquanto ouvia os acordes da música, que de certa forma iam me acalentando, os versos da estrofe cantada iam brotando numa espécie de tradução simultânea dentro da minha mente:

Há algo que sinto quando olho para o oeste
E meu espírito chora ao partir
Em meus pensamentos tenho visto anéis de fumaça atravessando as árvores
E as vozes daqueles que ficam parados olhando

E me dei conta de algo inusitado: enquanto a versão traduzida da canção ia sendo exibida na minha cabeça, as imagens correspondentes apareciam bastantes vívidas à minha frente, como se fosse um videoclipe da música do Led Zeppelin!

*****

De repente alguém tocou no meu ombro e começou a declamar um poema:

— Tiger, tiger, burning bright,
In the forest of the night,
What immortal hand or eye
Could frame thy fearful symmetry?

Não via a face do declamador ou declamadora. Era como se eu estivesse na plateia em um teatro e o palco funcionasse sempre às escuras. Sempre. Outra voz falava em versos bem escandidos a versão em português para as estrofes.

— Tigre, tigre que flamejas
Nas florestas da noite.
Que mão que olho imortal
Se atreveu a plasmar tua terrível simetria?

Ocorre que eu ficava como um tonto a bracejar no silêncio, no vácuo, entre uma voz e outra, sem nem mesmo saber de onde se originava cada uma delas.

— And what shoulder, and what art,
Could twist the sinews of thy heart?
When thy heart began to beat,
What dread hand forged thy dread feet?

Eu já sabia que, em seguida, dalgum espaço-tempo naquela noite sem fim, brotariam os versos ditos em minha língua materna:

— Que mão teve a ousadia de capturá-lo?
Que espada, que astúcia foi capaz de urdir
As fibras do teu coração?

*****

Foi então que mergulhei numa espécie de torpor em que ouvia algumas vozes bem distantes, inaudíveis. Lembrei de quando fui fazer uma cirurgia. Até pelo menos uns cinco minutos depois da anestesia que tomara eu ainda ouvia os comentários e risos de todos na sala. E pensava: que merda! Eu aqui de barriga aberta e esses filhos da puta rindo e se divertindo como se estivessem em um piquenique.

Dentro do torpor eu ouvia a música suave de Beethoven invadir o espaço, o negror e mergulhava mais numa espécie de transe, um torpor que me tomava. Se fosse em casa, decerto haveria quem creditasse isso ao cansaço, ao estresse do cotidiano. Para mim é uma espécie de instante mágico, de corte na carne do dia, de abertura de uma outra porta para um tempo de não sei onde.

*****

"Quase Una Fantasia". A música parece distante, os acordes do *Andante Allegro attacca* como que são filtrados por uma parede invisível na qual só a música transpõe com sua magia etérea. Depois os acordes se sucedem: *Allegro molto e vivace attacca*, *adagio con espressione attacca*, *Allegro vivace*.

Então eu a vejo. Está, como das outras vezes, quando eu a via em meus sonhos, inerte. Por trás dela eu vejo alguma coisa que, na bruma da visão, parece uma montanha. Depois, com a proximidade, vejo que não é nada disso. É um castelo. Não, não, uma casa dessas antigas, com corredores quase intermináveis, janelões abertos para o mundo. Lá dentro a figura dela se esgueira pelos compartimentos, como se fugisse de mim ou de alguém mais.

De repente, não entendo ainda hoje como, meus lábios se entreabrem e sopram um nome no ar:

— Ligeia!

Dela o que posso lembrar são os olhos imensos e negros, as vestes esgazeadas, a pele branca e aparentemente lisa. O pescoço ereto, a silhueta esguia, os seios que se entremostram no jogo fugidio de sedução das vestes.

— Ligeia!

Então, eu a vejo de novo na casa enorme. De repente o casarão me acode com a lembrança de algum tempo ido. E, como se atendessem a um apelo da minha memória, passam fantasmas me acenando com sorrisos simpáticos. Alguns eu reconheço: tios, tias, amigos distantes que não sabia evolados no tempo. Então, um homem de aparência lúgubre, com pele amarelada, aparência doentia, um bigode mal desenhado sobre os lábios descarnados, cabelos revoltos na cabeça enorme, começa a contar-me uma história, enquanto escreve:

— Não posso, por minha alma, lembrar como, quando, ou mesmo onde exatamente, conheci a senhora Ligeia. Longos anos se passaram e minha memória está fraca devido a muito sofrimento. Ou, talvez, não possa agora trazer esses pontos à mente, porque, na verdade, o caráter de minha amada, sua rara erudição, sua singular, mas plácida eloquência de beleza e a emocionante e cativante eloquência de sua baixa linguagem musical, caminham em meu coração a passos tão constantes e furtivamente progressivos que passaram despercebidos e desconhecidos. No entanto, acredito que a encontrei primeiro e com mais frequência em alguma cidade grande, velha e decadente perto do Reno. De sua família — com certeza a ouvi falar. Que seja de uma data remotamente antiga, não se pode duvidar.

Ele interrompe a narrativa, parece pensar no que vai escrever ou dirige seu olhar para mim — como se ele não me vê?

— Ligeia! Ligeia! nos estudos de uma natureza mais do que tudo adaptado para amortecer as impressões do mundo exterior, é só por aquela doce palavra — de Ligeia — que trago diante dos meus olhos, na fantasia, a imagem daquela que já não existe. E agora, enquanto escrevo, me ocorre uma lembrança de que nunca soube o nome paterno daquela que foi minha amiga e noiva, e que se tornou minha companheira de estudos e, finalmente, esposa de meu seio. Foi brincadeira da minha Ligeia? ou foi um teste da minha força de afeto, que eu não deveria fazer investigações sobre este ponto? ou foi antes um capricho meu — uma oferta descontroladamente romântica no santuário da devoção mais apaixonada? Lembro-me apenas indistintamente do próprio fato — que maravilha que eu tenha esquecido completamente as circunstâncias que o originaram ou acompanharam? E, de fato, se alguma vez ela, o Wan e o Ashtophet de asas enevoadas do Egito idólatra, presidia, como dizem, sobre os casamentos de mau agouro, então certamente ela presidia o meu.

Esfumaça-se a visão do homem que narra, embora eu ainda possa ouvir o que ele segue contando.

— Não há nenhum ponto, entre as muitas anomalias incompreensíveis da ciência da mente, mais emocionante do que o fato — nunca, creio eu, percebido nas escolas — que, em nossos esforços para lembrar algo há muito esquecido, muitas vezes encontramo-nos à beira da lembrança, sem sermos capazes, no final, de lembrar. E assim com que frequência, em meu intenso escrutínio dos olhos de Ligeia, senti aproximar-se do pleno conhecimento de sua expressão — senti que se aproximava — ainda que não fosse exatamente minha — e então finalmente me afastei! E (estranho, oh, mistério mais estranho de todos!) encontrei, nos objetos mais comuns do universo, um círculo de analogias para a expressão. Quero dizer que, posteriormente ao período em que a beleza de Ligeia passou para o meu espírito, ali habitando como num santuário, deduzi, de muitas existências no mundo material, um sentimento como eu sempre senti despertado dentro de mim por seus grandes e luminosos orbes. No entanto, eu não poderia mais definir esse sentimento, ou analisar, ou mesmo visualizá-lo firmemente. Eu o reconheci, deixe-me repetir, às vezes no levantamento de uma videira de crescimento rápido — na contemplação de uma mariposa, uma borboleta, uma crisálida, um fluxo de água corrente. Eu senti isso no oceano; na queda de um meteoro. Eu senti isso nos olhares de pessoas incomumente idosas. E há uma ou duas estrelas no céu — (uma especialmente, uma estrela de sexta magnitude, dupla e mutável, a ser encontrada perto da grande estrela em Lyra) em um escrutínio telescópico do qual fui informado da sensação. Fui preenchido por certos sons de instrumentos de cordas, e não raramente por passagens de livros. Entre inúmeros outros exemplos, lembro-me bem de algo em um volume de Joseph Glanvill, que (talvez apenas por sua singularidade - quem dirá?) nunca deixou de me inspirar com o sentimento; — "E aí reside a vontade que não morre. Quem conhece os mistérios da vontade, com seu vigor? Pois Deus é apenas uma grande vontade que permeia todas as coisas por natureza de sua intenção. O homem não o entrega aos anjos, nem para a morte total, exceto apenas pela fraqueza de sua fraca vontade."

Lembro-me de ter ainda mais uma vez o nome:

— Ligeia!

Mas ainda assim fosse o homem, fosse a figura feminina, se esboroaram.

Ou será que tudo isso nunca aconteceu?

*****

Então, de novo, a música... Agora é a *Sonata n.º 14 em dó sustenido menor; Op. 27 n.º 2 "Ao Luar"*. Luar... É a luz do satélite da Terra que invade o casarão onde ando como se pisasse em nuvens. Algumas vezes é como se andasse ao ritmo da sonata: *Adagio sostenuto attacca, Allegretto attacca, Presto agitato*.

Noutras me vejo dando saltos, feito a gravidade faltasse. De novo eu a vejo, agora em um quintal enorme. No chão, milhares de folhas, flores de jambeiros enfeitam o ocre da paisagem, mangas abrem-se como se bocas tivessem sido nelas talhadas. Paraíso perdido. "Pastoral". *Sonata n.º 15 em ré maior; Op.28. Allegro*. Aproximo-me, embora aguarde que ela fuja a qualquer instante. *Andante*. Grito seu nome:

— Ligeia!

Ela nem me olha. Carrega um livro nas mãos. Talvez um pequeno volume de poemas?

Ela percorre as distâncias como se fossem metros e não léguas na minha caminhada. De novo me aproximo. De perto ela é bem mais linda.

— Ligeia...

Posso ver os olhos enormes me olhando com o riso oculto. Cai uma folha de papel dentre as folhas do volume que ela carrega. Inclino-me, ajunto e leio.

Não quero ir aonde não há a luz,
De sob a inútil gleba não ver nunca
As flores, nem o curso ao sol dos rios
Nem como as estações que se renovam
Reiteram a terra. Já me pesa
Nas pálpebras que tremem o oco medo
De nada ser, e nem ter vista ou gosto,
Calor, amor, o bem e o mal da vida.

A folha contém uma assinatura em letra tortuosa: Fernando Pessoa. Ela olha para mim e sorri. De perto quase estou aspirando o perfume de violetas que ela usa. Vejo a pele branca. Balbucio alguma coisa, melhor dizendo: abro a boca e nada sai dos meus lábios. Mesmo assim ela parece me entender e estende a mão. Toco a pele e confirmo o que imaginei antes: macia, tenra, como se fosse a pele de uma criança. *Scherzo: Allegro vivace.* Ela me conduz a um outro pátio onde vejo um negro plantando flores. Ele sorri quando ela acena para ele. E é, então, que tudo se esfumaça.

*****

Nessa história de Céu e Inferno só posso dizer uma coisa: tudo que ouvi a respeito vem lá da infância, da boca de Vó Maria. Do lado dela sempre estava Coaracy, que a gente não conseguia dizer o nome e chamava de Cora. Era ela quem acompanhava Vó Maria em tudo. Se Vó Maria ia para a igreja, Cora ia junto. Se Vó Maria se dirigia à feira, Cora ia junto. A gente dizia — eu e os outros netos de Vó Maria, nem sei qual motivo de lembrar disso logo agora, quando estou nesta espécie de limbo — que Cora era a bengala de Vó Maria. Cora não ficava com raiva disso, da gente falar dessa forma. Cora se amuava. Ia para um canto e por lá ficava criando teia de aranha. Sobre céu e inferno, um dia eu perguntei para Vó Maria se existiam mesmo essas coisas. Daí ela me disse:

— A nossa cidadania, porém, está nos céus, de onde esperamos ansiosamente o Salvador, o Senhor Jesus Cristo. Pelo poder que o capacita a colocar todas as coisas debaixo do seu domínio, ele transformará os nossos corpos humilhados, tornando-os semelhantes ao seu corpo glorioso. Está em Filipenses 3:20-21.

Vó Maria usava essa didática com a gente. Ela nunca dava a resposta pronta, sempre indicava uma fonte, um caminho. Em geral era a sua insuperável Bíblia.

— Assim diz o Senhor:

"O céu é o meu trono;
e a terra, o estrado dos meus pés.
Que espécie de casa vocês me edificarão?
É este o meu lugar de descanso?"
Isaías 66:1

Gosto dessa frase do versículo de Isaías: "a terra, o estrado dos meus pés". É do que sinto falta agora: algo firme sob meus pés. Mas voltemos à Vó Maria. Outra vez perguntei-lhe sobre o inferno.

— "O mar entregou os mortos que nele havia, e a morte e o Hades entregaram os mortos que neles havia; e cada um foi julgado de acordo com o que tinha feito. Então a morte e o Hades foram lançados no lago de fogo. O lago de fogo é a segunda morte. Aqueles cujos nomes não foram encontrados no livro da vida foram lançados no lago de fogo."

Apocalipse 20:13-15

"Aqueles cujos nomes não foram encontrados no livro da vida foram lançados no lago de fogo". Acho que isso foi o que ocorreu comigo. Ou será que estou vivendo um eterno e recorrente, o qual se transmuta em pesadelo?

CAPÍTULO IV: SONHOS

Há quem diga que todas as noites são de sonhos.
Mas há também quem garanta que nem todas, só as de verão. No fundo, isto não tem muita importância.
O que interessa mesmo não é a noite em si, são os sonhos. Sonhos que o homem sonha sempre, em todos os lugares, em todas as épocas do ano, dormindo ou acordado.
William de Shakespeare

Quando eu morri, comigo morreram todos os sonhos que havia sonhado. E, podem acreditar, eles eram muitos. O sonho mais longínquo do qual eu me recordo vem da infância. Foi naquele tempo da ida do homem até a lua. Eu morava numa cidade do interior na época. A gente vivia então o apogeu da Guerra Fria no mundo, de um lado aqueles que a gente achava que eram os mocinhos — ao menos nós, do Grupo Escolar, achávamos –, que eram os Estados Unidos; do outro lado a poderosíssima União Soviética. Acaso vocês se deem ao trabalho de acessar qualquer um desses sites de busca, ou mesmo recorrerem aos ainda existentes livros de papel, vão encontrar informações sobre o Projeto Apollo, que gerou a missão Apollo 11, que foi a que chegou até a lua:

"A Apollo 11 foi uma expedição espacial realizada pela Nasa, a agência espacial americana, em julho de 1969. Essa expedição foi executada tendo em vista levar o homem à Lua pela primeira vez, e foi concluída com sucesso.

A bordo do módulo de comando chamado Columbia, os astronautas Michael Collins, Buzz Aldrin e Neil Armstrong foram enviados para nosso satélite natural, e os dois últimos pisaram em solo lunar. A Apollo 11 fez parte do Programa Apollo, e esse programa só fez sentido dentro daquele contexto histórico específico, uma vez que foi aquele contexto que forneceu as condições políticas que possibilitaram que altíssimas somas de dinheiro fossem liberadas para o investimento no programa espacial e no envio do homem à Lua.

A Apollo 11 e todo o Programa Apollo foram um dos capítulos da corrida espacial, a disputa realizada entre Estados Unidos e União Soviética pela hegemonia da exploração do espaço. Essa disputa, na questão tecnológica e voltada para a exploração do espaço, era apenas uma de muitas áreas que soviéticos e norte-americanos disputavam entre si.

Isso acontecia porque as duas nações saíram como potências mundiais após a Segunda Guerra e apoiadas em ideologias distintas. Desde então, as duas potências começaram a disputar entre si qual delas era a maior do mundo. Essa disputa ficou conhecida como Guerra Fria. Com isso, foram desenvolvidos novos armamentos como forma de manifestar esse poderio. Os estudos realizados na produção de mísseis foram estendidos para os programas espaciais de cada um dos países, e começaram a ser desenvolvidos estudos para a construção de satélites artificiais, a fim de enviá-los ao espaço."

*****

Com todo esse bláblábla, podem apostar que ganharão o prêmio: eu queria ser astronauta, um Buzz Aldrin dos trópicos... Já lera umas quatro vezes o livro "Viagem ao céu", do Monteiro Lobato, em que a turma do Sítio do Pica-pau Amarelo vai dar umas voltinhas pelo espaço. Comecei a bolar um plano que me tornasse o primeiro garoto da Amazônia a atingir o espaço sideral! Sim, eu não queria esperar a adolescência, muito menos a idade adulta para pensar ainda nessa possibilidade — era pra ontem a construção de um foguete que me alçasse nesses mirabolantes voos a caminho da Via Láctea.

Sobre a "Viagem ao céu", eu lembro até hoje do enredo. Acontece que o nosso amigo Visconde de Sabugosa tinha morrido afogado numa aventura anterior. Como todos devem saber, o nobre em questão era feito de um sabugo de milho, portanto, ainda que tivesse eméritas qualidades intelectuais, não era muito chegado à imortalidade. Pois bem... A boneca Emília, tinhosa como ela só, resolveu ressuscitar o Visconde de Sabugosa. E não é que ela conseguiu tal façanha, gente?

Bom, aí vem o outro lado da história: de fato, o Visconde reapareceu, mas transformado num sábio inglês, o "Dr. Livingstone". Resultado: o Visconde ficou sendo as duas coisas: ele próprio, e o tal doutor! Acompanhados do novo Visconde, Pedrinho, Narizinho e Emília, e levando com eles a Tia Nastácia e o burro falante Conselheiro, resolveram pôr em prática uma aventura inimaginável, uma viagem ao céu!

Quem lê essa sinopse tão simplória, hoje, século XXI, deve rir da ingenuidade nossa, meninos de 8 a 10 anos de idade, ilhados no interior do Norte, na Amazônia que nem nós mesmos sabíamos que morávamos nela. Vim a descobrir isso muito depois, já na adolescência. Naquele tempo da vida éramos caiporas mesmo, na acepção da palavra. Ou seja, legítimos curibocas, em cujas cidades não havia televisão e o melhor lazer ainda era o cinema — eu ainda recordo do slogan que abria a sessão, aos domingos, em letras enormes: CINEMA AINDA É A MELHOR DIVERSÃO.

*****

Voltando ao meu sonho de astronauta, como podem vivamente perceber, deu com os burros n'água, para usar uma expressão muita usada então. Ou melhor: a vaca foi pro brejo. Escolham a que melhor lhes aprouver, de acordo com a ocasião. Meus pais, vendo aquela azáfama toda minha em observar as estrelas e o açodamento por ver nos jornais como ia a missão dos homens norte-americanos no espaço, e também tendo sido alertados por conhecidos deles da minha insistência em somente falar de aventuras espaciais, devem ter achado que aquele envolvimento passional já era coisa de "aluado", para dizer o mínimo. Foi, então, que meu pai chegou comigo e tascou:

— Vem cá, ô Buck Rogers de araque, vamos acabar com essa conversa de que você vai ser astronauta e não sei o quê mais lá!

Eu devo ter ficado com os olhos esbugalhados na hora, mas nada falei. Ele prosseguiu:

— Nem Buck Rogers, muito menos Buzz Aldrin; filho de pobre tem que ser empregado do comércio, de banco, de cartório, isso quando tiver estudo. Cesse logo com essa prosa que o povo daqui a pouco vai dizer que tenho um filho ruim da cabeça!

E mais nada me disse, e nem eu fui bancar a besta de pedir que dissesse.

Ah! Para quem não tem a mínima ideia de quem foi Buck Rogers, dou a cola aqui mesmo: "Buck Rogers é um personagem de *pulps* e histórias em quadrinhos, criado em 1928 como Anthony Rogers, herói de duas novelas de Philip Francis Nowlan publicadas na revista Amazing Stories. Rogers tornou-se mais conhecido por uma duradoura série de tiras de aventura publicadas em jornais. Ele também estrelou um seriado cinematográfico, duas séries de televisão, um jogo de computador e muitos outros formatos de mídia.

Buck Rogers tem sido creditado por levar às massas o conceito de exploração espacial, seguindo as pegadas de pioneiros da literatura como Júlio Verne, H.G. Wells e Edgar Rice Burroughs."

*****

Como passaram a rasteira no meu afã de ir explorar outros espaços e mundo, acabei por me contentar em, de sociedade com um outro amigo, chamado pelos invejosos de Bob Júpiter (o nome dele de batismo era Roberto), comprarmos um telescópio para observarmos as estrelas. A mim os despeitados impingiram o codinome de Andrômeda, justamente o de uma das maiores constelações – como dizia meu amigo Bob: "o populacho só sabe falar da Cruzeiro do Sul... Mentecaptos" –, sendo as outras Ursa Maior, Ursa Menor, Cão Maior, Cão Menor, Pégaso, Fênix e Órion.

Estudávamos cada uma delas, e — quando o céu e o tempo permitiam – ficávamos a olhar as estrelas. A minha constelação preferida sempre foi Órion. Tomem assento, abram os ouvidos que vou lhes contar algumas coisas a respeito dela: Órion tem duas das estrelas mais brilhantes do céu, que são Betelgeuse e Rigel. A constelação possui exatas 81 estrelas, das quais as destacadas são: Betelgeuse (Alfa), Bellatrix (Gamma Orionis), Alnitak (Zeta Orionis), Alnilam

(Epsilon Orionis), Mintaka (Delta Ori), Saiph (Kappa Orionis) e Rigel (Beta Orionis). Rigel é a estrela mais brilhante da constelação de Orion. Ela é considerada a sétima estrela mais brilhante no céu. Está a cerca de 773 anos-luz da Terra, e seu brilho é 40.000 vezes maior do que o Sol e emite 100.000 vezes a energia produzida por ele.

Agora, esquecidos os beócios que ficaram no passado, digam, de verdade, se isso não é fascinante? Tanto que estou eu aqui, contando minhas memórias do quintal de um menino que apontava estrelas, vejam vocês! Mas, como falei no povo sem noção da escola, não pensem que eles deixaram por menos a minha vocação recém-descoberta de astrônomo. Era eu passar pelo corredor da escola que dois deles começavam a *bilaquear*:

Ora (direis) ouvir estrelas! Certo
Perdeste o senso!" E eu vos direi, no entanto,
Que, para ouvi-las, muita vez desperto
E abro as janelas, pálido de espanto...

Bilaquear foi um verbo que eu e meu amigo Roberto inventamos para demarcar as aulas de uma certa mestra de Língua Portuguesa que, insistentemente, nos trazia poemas do antigo Príncipe dos Poetas para declamarmos em suas aulas. A zoação eu até tirava de letra, mesmo porque ela me rendeu a simpatia de Leonilda, a Léo, e a descoberta de uma outra vocação (e sonho): a de ser ator.

*****

Se ainda não falei para quem me acompanha nessas linhas incertas de tortuosas escritas, acho que devo mencionar, a bem da verdade, que estas peripécias se passaram aí por volta do final dos anos 1960 e começo da década seguinte. Pois bem, então surgiu o teatro na minha vida, e com ele a Léo, que todos chamavam de Leléo e os desafetos de "Lelé". O grupo de teatro da escola estava sempre a reboque da tal mestra de Língua Portuguesa, que volta e meia o requisitava para exibir seus conhecimentos da nossa Literatura, especialmente os seus favoritos, os autores românticos e parnasianos; por ela nem sairíamos do Século XIX!

Se bem me lembro a dita cuja sofreu um acidente, e o acaso, o destino, ou seja, lá o que fosse, acabou por nos trazer um professor substituto para a sala de aula e, automaticamente, para liderar o grupo de teatro. Ele se chamava Juan Laforgue, era filho de um chileno com brasileira e amava os modernistas. As aulas dele eram encantadoras. Falava dos escritores como se tivesse convivido com cada um deles, fosse próximo mesmo. Lia trechos das obras de cada. Discutia com a gente sobre algumas passagens de determinado livro. Foi com ele que (finalmente) saltamos do insípido e árido Século XIX com seus poetas-ourives e pegamos o barco navegando dos modernistas e seus poemas-piada. Aprendi logo a gostar do que ele chamava Terno dos Andrade: Carlos Drummond, Oswald e Mário.

Oswald passou a ser o meu preferido. Como já estava no que se chamava de curso ginasial, eu podia tomar emprestado livros na biblioteca. Não era difícil me acharem nos intervalos das aulas às voltas em uma mesa da cantina com as obras completas do poeta paulista, até mesmo dizendo em voz alta alguns versos dele, especialmente um que o Professor Laforgue gostava de ouvir: "Pronominais".

Dê-me um cigarro
Diz a gramática
Do professor e do aluno
E do mulato sabido
Mas o bom negro e o bom branco
Da Nação Brasileira
Dizem todos os dias
Deixa disso camarada
Me dá um cigarro

*****

Enfim, para não cacetear tanto essa ilustre audiência que pressuponho possuir, devo acelerar a contação dessas memórias paulificantes de um... O que serei mesmo? À moda de Machado de Assis, no seu clássico "Memórias Póstumas de Brás Cubas", um autor defunto — ou defunto-autor? Deixemos que o Bruxo nos esclareça sobre o que disse ser tal obra literária: "Trata-se, na verdade, de uma obra difusa, na qual eu, Brás Cubas, se adotei a forma livre de um Sterne, ou de um Xavier de Maistre, não sei se lhe meti algumas rabugens de pessimismo. Pode ser. Obra de finado. Escrevia-a com a pena da galhofa e a tinta da melancolia, e não é difícil antever o que poderá sair desse conúbio. Acresce que a gente grave achará no livro umas aparências de puro romance, ao passo que a gente frívola não achará nele o seu romance usual; ei-lo aí fica privado da estima dos graves e do amor dos frívolos, que são as duas colunas máximas da opinião."

Ora, ora, que aqui temos muvuca nessa cumbuca! Não me atenho ao que sejam estes escritos, em seu conjunto tão desconjuntado em que as partes temem não acabar por ser um todo, mas daí a chamar de "obra difusa" vai uma eternidade. Confusa? Talvez. Agora, quanto a ser obra de finado, há divergências, senão vejamos: "O autor defunto é aquele que faleceu deixando como legado toda a sua obra; o defunto autor torna-se, na brincadeira machadiana, escritor depois de morto. Como bom narrador, Brás Cubas preocupa-se com a recepção de sua obra e escreve um prólogo ao leitor para dizer que é uma "obra de finado."

Bingo! Então temos que não sou um "defunto autor", mesmo porque não deixei legado de porcaria de obra nenhuma para os pósteros, e acabo por me encaixar na categoria de "defunto autor", o que me dá uma certa "imortalidade" e (espero) o beneplácito de outrem, até porque assim me irmano em mérito e demérito aos ocupantes de impolutas cadeiras em academias de letras, muitos dos quais nunca publicaram uma cartilha sequer na vida.

*****

Enfim, onde era mesmo que estávamos nesse capítulo dos sonhos? Ah! Sim, é isso mesmo: no teatro. De tanto me ouvir ler e dizer os poemas, fosse pelos corredores, nas nossas conversas na pracinha da cidade, antes dos ensaios, Laforgue insistiu que eu ensaiasse com o resto do elenco, que ele estava preparando, para encenar no fim do ano de 1972 a peça de Pedro Calderón de La Barca, autor castelhano do Século XVII que nos parecia tão atual para o Brasil da época.

Como o texto era todo em versos, Laforgue sustentava que a minha facilidade de dizer os poemas a mim me ajudaria no papel do príncipe Segismundo. Do que me lembro, da peça e daquela época, são três trechos que até hoje tenho na ponta da língua, e que, não por acaso, falam de sonhos e compõem um monólogo do personagem.

– É certo; então reprimamos
esta fera condição,
esta fúria, esta ambição,
pois pode ser que sonhemos;
e o faremos, pois estamos
em mundo tão singular
que o viver é só sonhar
e a vida ao fim nos imponha
que o homem que vive, sonha
o que é, até despertar.

Se eu bem me lembro, era neste dito momento, nos ensaios, que Léo ficava na primeira fila com a minha "cola" pronta para qualquer deslize que o aprendiz de Lima Duarte cometesse; ela era o meu "ponto". Ainda bem, porque eu tinha uns esquecimentos que deixavam meus colegas de palco preocupados. Frequentemente omitia algumas "deixas", ou introduzia "cacos" no texto, o que deixava algumas pessoas bem irritadas.

Aqui, nesse trecho da peça, eu ficava cara a cara com a plateia, me dirigia a ela, ouvindo os berros de Laforgue, que durante os ensaios ficava bem no meio da audiência: "Quero que na última fila da sala todo mundo a ti ouça e entenda sílaba por sílaba!".

– Sonha o rei que é rei, e segue
com esse engano mandando,
resolvendo e governando.
E os aplausos que recebe,
Vazios, no vento escreve;
e em cinzas a sua sorte
a morte talha de um corte.
E há quem queira reinar
vendo que há de despertar
no negro sonho da morte?

E eu prosseguia neste extenso trecho, com Laforgue instigando sempre, continuamente: "Mais alto! Mais alto! Firmeza! Emposta melhor a voz! Isso! Isso! Bravo! Bravíssimo!"

E então o *grand finale* do monólogo:

– Eu sonho que estou aqui
de correntes carregado
e sonhei que em outro estado
mais lisonjeiro me vi.
Que é a vida? Um frenesi.
Que é a vida? Uma ilusão,
uma sombra, uma ficção;
o maior bem é tristonho,
porque toda a vida é sonho
e os sonhos, sonhos são.

*****

Pois é... Como "a vida é sonho" e "os sonhos, sonhos são", os nossos desabaram numa sexta-feira, quando já estávamos com o texto de "A vida é sonho" mais do que afiado na ponta da língua. Ao invés de nos encontrarmos com o mestre Laforgue — já o chamávamos assim — demos de cara foi com a indefectível mestra parnasiana e o novo interventor na direção do colégio, um sargentão do Exército nacional que vinha nos salvar da má influência ideológica do "professor libertino" que fora deportado para o Chile, onde começava uma ditadura.

Assim que fomos comunicados das mudanças, ao deixar a sala de espetáculos, e dar adeus ao meu sonho de ser ator, ainda ouvi um eco de Calderón de La Barca:

> – *(...) sonha o que agrava e ofende*
> *e no mundo, em conclusão,*
> *todos sonham o que são,*
> *no entanto ninguém entende.*

CAPÍTULO V: MEMÓRIAS

Um homem que dorme sustenta em círculo, a seu redor, o fio das horas, a ordenação dos anos e dos mundos (...).
Marcel Proust
(*Em busca do tempo perdido*)

Quando eu morri, comigo feneceram todas as memórias. Elas foram se desvanecendo como estrelas cadentes que mergulhassem no mar para nunca mais. Nunca mais... Como o corvo a crocitar no poema do mestre Edgar Allan Poe, na impagável tradução de outro gênio, Fernando Pessoa.

– E esta ave estranha e escura fez sorrir minha amargura
Com o solene decoro de seus ares rituais.
"Tens o aspecto tosquiado", disse eu, "mas de nobre e ousado,
Ó velho Corvo emigrado lá das trevas infernais!
Dize-me qual o teu nome lá nas trevas infernais."
Disse o Corvo, "Nunca mais".

Assim se foram minhas memórias, varridas pelo turbilhão do nunca mais, pela rolança intérmina do tempo, pelo descarrilamento do que eu fui. Sim, as memórias continham minha vida em seus bojos. Sim, tenho isso claramente comigo: as memórias são a carnadura do que a alma vive, a parte esse corpo nosso, terrivelmente frágil e humano — uma coisa redundando da outra — feixe de ossos e sentimentos, cabeça, troco e membros que sofrem a passagem do deus Cronos.

De que somos feitos senão dessa argamassa imperfeita, de uma ossatura que se esgota no frêmito do tempo a escorrer pelos beirais dos dias, na carnação das lembranças que vão se avolumando, minuto a minuto, muitas vezes se entrecortando, como num jogo de montar e desmontar?

*****

Como foi mesmo que Proust disse? Deixa ver... Ah! É isso: "A maior parte da nossa memória está fora de nós, numa viração de chuva, num cheiro de quarto fechado ou no cheiro de uma primeira labareda. (...) Fora de nós? Em nós, para melhor dizer, mas oculta aos nossos próprios olhares (...). Graças tão-somente a esse olvido é que podemos de tempos em tempos reencontrar o ser que fomos."

Então, fiquemos assim: mesmo apartado dessa pulsação da vida, eis que parto eu nessa viagem em busca das memórias, desse ser que eu fui, do que foi constituído pelo que elas construíram dele como fenômeno que anda, fala, come, cospe, escarra, beija, ama, briga, desama, ama de novo, se entrega à perpétua renovação diária de uma intangível aventura chamada viver, bem ao estilo proustiano: "A memória, em vez de um exemplar em duplicatas, sempre presente aos nossos olhos, dos diversos acontecimentos de nossa vida, é antes um abismo donde por um momento uma similitude nos permite sacar, ressuscitadas, reminiscências extintas; mas há mil pequeninos fatos que não caíram nessa virtualidade da memória, e que escaparão para sempre à nossa verificação."

*****

Outros tempos, outras memórias. Essas que ainda ficam brincando na roda gigante do Senhor Tempo, fiel designador dos nossos destinos. Ficam se esticando até o infinito, embora saibamos da finitude de todas as coisas. Agora mesmo posso ver eu-menino, de papo pro ar... Nuvens e bem longe um aboio. Longe de só se ouvir a voz pra dentro do capinzal: Ê boi! Ê boi!

Pedrinho aboiando o magote de reses do velho Elpídio. Pedro Boi, desse jeito chamavam o moleque. A voz dele parecia mesmo tomar a semelhança do mugir do gado, na distância. Ia longe o aboio enquanto ele tomava pra si o céu, o dia inteirinho se possível fosse.

Sapo Cururu na beira do rio
Quando o sapo canta, ó maninha, é porque tem frio
A mulher do sapo, deve estar lá dentro
Fazendo rendinha, ó maninha, para o casamento

*****

Diazão para lá de azul, mano. Nuvens azuis por cima do verde do matagal, nada de menção de chuva. "Ê, diazão", pensei. Dia bom de pescar, também. Mas cadê que eu me dispunha a catar minhocas, empunhar vara, agasalhar anzol, buscar o samburá? Ê preguiça...

Está aqui uma coisa a ser ponderada, já que entramos no assunto: Preguiça é um bichinho danado roendo a força da gente, se é. Bicho da peste, rói menino, rói mocinha, rapaz, coronel, deputado e sei lá mais o quê. Bicho preguiça é bicho que chega de mansinho, como é natural das preguiças, e se deixa ficar o dia todo, todo o tempo... Ê preguiça...

*****

Diazão bonito estava aquele também para ficar engabelando os moleques no jogo de petecas. Mas, ocorre, então, que eu me perguntava se tinha cabimento tanto trabalho, oura, se tinha graça alguma em ganhar sempre e sempre, hem? Camba de moleques parvos...

O dia também seria bom para convidar um dos meus primos e irmos, escondidinhos (que o gosto do proibido é que era a maior das gostosuras, mesmo) apanhar um lote de mangas bem maduras lá nos altos do rio Caeté, território de um paraíso que volta e meia, a gente se atrevia a explora.

Ainda agora me vem à boca, pelo viés da memória, a gostosura:

lábios sugando o sumo doce da fruta. Existe doçura melhor ou igual, ah? Du-vi-de-o-dó! Quem não provou gostosura igual não teve infância.

Um primo bem mais taludo dizia que a boca da Iracema, que a gente chamava de Cema, era tal e qual o gosto da manga, vê lá se podia ser uma bobagem dessas! Eu, pelo meu lado, torcia a cara para a comparação feita, e com meus botões desalinhados e a sabedoria dos meus treze anos, achava que não devia ter graça nenhuma dar um beijo naquela boca pálida da Cema, matuta que só ela, de cujo corpo exalava sempre um odor de peixe, aquela peitaria para fora do vestido quando vinha do Rio das Mulheres.

*****

Pois ia assim eu pensando essas coisas todas, deitado no meio do capinzal, enquanto ouvia o aboio de Pedro Boi cada vez mais longe (Ê boi! Ê boi!). Daí atinava com as nuvens sobre a minha pessoa, e ficava a me imaginar no meio de um grande rio, no céu, um rio de nuvens.

Pensava que aquele é que seria um riozão danado de bonito. Pensava ainda mais longe: anjos e anjos despidos, nuzinhos, e, sem vergonha nenhuma, brincando pelos beirais do riozão, bulindo uns com os outros, armando pira-esconde, aquela coisa toda. Diacho de bonito seria se existisse mesmo aquilo tudo, hem?

Ia pensando nessas coisas todas e o pensamento bulia comigo: as mangas doces, os peixes que deixara de pescar, a boca de Cema que o primo dizia ter o gosto do sumo da manga, os moleques parvos que engabelava no jogo de petecas (as bolinhas de vidro que sempre comprava umas duas vezes por semana, com o velho turco Sahid, no mercado de Capanema, e que o primo de Belém chamava de 'bolinhas de gude') essas coisas todas iam e vinham na minha cabeça, oh! memórias.

Daí vinha batendo uma canseira, o bicho-preguiça roendo por dentro (Ê preguiça...). Que é que eu fazia? Encostava a cabeça na maciez do chão, que nem chão mesmo parecia ser, mais parecia uma imensa cama toda verde, cama enorme como aquela que vira uma vez numa viagem a Bragança, na casa grande do tio.

Por cima de mim aquele cortinado azul do céu, embaixo o verde do mato, onde deitava minha preguiça e espichava os olhos e os sonhos para além das nuvens e de tudo. "Menino esquisito esse", já ouvira falar. Língua do povo falador ganha asas, já ouviram isso? Que é que tinha se eu conversava com formigas, plantas, bichos e ficava olhando as nuvens? Melhor do que ficar olhando pelas frestas das paredes as mulheres alheias, ou as primas quando tomavam banho no rio, né mesmo?

Daí era que eu pensava naquelas coisas até ouvir de novo o aboio de Pedro Boi tangendo as reses, já de volta do pasto, e esfregava os olhos, olhava o rio passando bem perto, a um toque das mãos, e queria que o tempo não passasse tão depressa (Ê, tempo...) e mesmo não anoitecesse logo para que o dia pudesse se esticar até não sei onde, e também pudesse guardar nos meus olhos de ver e nos de dentro da alma, tanta beleza que, sabia, não veria nunca mais. Nunca mais...

*****

O tempo também é feito de frestas, dessas achegas que se somam, desses desvelamentos que se anunciam, desses desvendares de segredos nunca dantes pensados em ser descobertos.

Agora, daqui desse outro lado, acho graça sozinho porque posso ver e ouvir como se estivesse assistindo a extensa sessão de cinema, as cenas em que ora eu, ora as gentes dos meus afetos aparecem. É como se eu, de novo mergulhasse nas mesmas águas, e elas não fossem as mesmas e nem eu mais aquele de antes. Prestem só atenção...

Como pode o peixe vivo
Viver fora da água fria?
Como pode o peixe vivo
Viver fora da água fria?

*****

Espia: lá do sem fundo do embornal da memória é que resgato os restos. Junto com eles vem todas as vozes, todos os risos, as interjeições de espanto e saudade, as danças e as cantigas de bem-querer:

O anel que tu me deste
era vidro e se quebrou
o amor que tu me tinhas
era pouco e se acabou...

Espia: estão todos irmanados no mesmo gesto estático e é como se estivessem suspensas suas vidas no ar e assim intactos permanecessem no tempo-naquele, imunes a todas as angústias, as sensaborias, chagas e intempéries de se viver. Assim permanecem, irmanados no tempo-quando, ilhados no onde-quando...

*****

Ouve: são as vozes do sempre que retornam, cantadas no vento que sussurra segredares: deves ouvir o som das carroças, monótona cantilena sobre os paralelepípedos, os gritos de espanto daqueles meninos que fomos, o nítido "tibum" dos magros corpos mergulhando na água que abria um aconchego em seu seio líquido para a gente.

Espia: ainda vejo o café na mesa, o gosto de beiju, da tapioca inebriando, assim como gosto de ver a chuva rolar mansa, e os plic-plic dos pingos no telhado compondo um cantar na tarde modorrenta e alguma história nova que inventamos para passar o tempo — e pouco sabíamos que ele passava sobre a gente.

Ouve: é a voz antiga da avó chamando ou o grito das mães aflitas, um confuso chamado que vem do tempo, vozes roufenhas que atravessam estas paredes do silêncio, essas catacumbas das memórias:

— Menino desce dessa árvore!
— Menino vem almoçar logo!

— *Menino vai tomar banho!*
— *Menino sai dessa chuva!*
— *Menino para com isso!*
— *Menino passa pra dentro!*
— *Menino isso não é hora de banho em rio!*
— *Menino desce dessa goiabeira!*
— *Menino! Parece que tem formiga na cadeira desse um!*
— *Menino, toma bênção do padrinho!*
— *Menino...*

(Naquele tempo eu posso dizer como Proust: "uma felicidade me possuiu como quando um medicamento poderoso principia a agir e nos tira uma dor". Era exatamente assim que me sentia, como se estivesse imune aos males diversos que assolavam o país e as pessoas; era como se eu, mas somente eu, fosse imortal...)

*****

Espia: ainda pode-se ver o caminho estreito que ia dar no rio, os bichos que habitavam as margens, as trilhas de formigas e saúvas que seguíamos, ouve-se o assovio de aviso para a mulherada que se banhava despida no rio:

— Fiu-fiu, lá vai homem...

Ainda tão meninos e já posando de homens!

Espia: havia o café moído no pilão, o cheiro dele eu ainda posso sentir, mesmo agora, e o cachimbo de uma velha, vizinha dos tios, que ensimesmava-se numa cafua e amedrontava-nos, os cabelos eriçados e os dentes pretos como uma bruxa, a voz soturna; dizíamos que a pobre era uma alma penada, quando nem sabíamos se havia alguma pulsando dentro da gente — nós que morríamos de medo das noites de tempestade, correndo para debaixo dos lençóis ao primeiro estrondo de um trovão ou ao faiscar de algum relâmpago no céu...

Ouve: há uma outra cantiga de bem-querer vindo no vento agora:

Eu sou pobre, pobre, pobre
de marré, marré, marré;
eu sou pobre, pobre, pobre
de marré, de si.

Eu ouço, eu ouço! E vejo as mãos dando-se umas às outras, mãos de todas as cores: negras, brancas, amarelas, morenas. Eu ouço, eu vejo, eu lembro!

*****

Aqueles segredos que tudo daríamos para descobrir: os guardados a sete chaves da Tia, os nossos cacos de louça escondidos num lugar secreto, os passeios do tio à cidade toda terça-feira de cada semana, o que posso dizer-te? Tudo isto é um tesouro jamais exaurido de seu valor, pedaços de ontem, da gente mesmo...

Não dá para esquecer que ainda havia o contar dos assombrados logo que a primeira estrela brilhava seu facho de luz, por mais fraco que parecesse dentro do breu que tomava o lugar, o horror do sono em meio à escuridão da casa que fazia com que pensássemos que a cada minuto de dentro da noite mais funda saltaria algum disforme ectoplasma ou um esguio e horrendo monstro para comer a nossa infância — e a nossa, a minha vida, que bicho terrível a deglutiu, hem, hem?

(Algumas noites flagrava passos noctâmbulos, e não de fantasmas, que transitavam como se tivessem pés de pano de uma rede de primos às redes de algumas primas...)

*****

Ouve: são os silêncios súbitos que vinham logo depois da chuva, pontuados pelos pios dos bichos que despertavam o mundo e ficavam à espreita, piares que davam um arrepio na espinha da gente e faziam com que encolhêssemos mais ainda no fundo da gente, no aconchego da rede, que era outro útero onde se guardar dos medos do mundo.

Espia: havia muito o que espreitar pelas frestas, cutucar gavetas velhas onde recordações de anos passados dormiam o sono solto das lembranças amareladas, descobrir, descobrir: meninos são seres sequiosos de saber.

Ciranda, cirandinha
Vamos todos cirandar!
Vamos dar a meia volta
Volta e meia vamos dar

*****

Ouve, ouve: o aprendizado da pedra pelo chão tortuoso, os passos adivinhando o mundo tateado, e ir-se aonde? Havia caminhos e caminhos, caminhares, estradas líquidas e dor. Muita dor, nos pés para vencer ramais, longe uma palavra que nem sabíamos ainda... do pouco que sabíamos compartilhávamos:

— Quem morre vai pro céu?

— Eu acho que não; é muito longe...

— Eu tenho pra mim que é jogado numa rede e eles atiram no rio.

— Será?

Quantas noites, quantas vezes, quantos dias, o medo de banhar-se no rio que era cemitério de tantos mortos!

(Agora que estes medos já foram varridos da minha frente, outros medos, muitos outros, vão se revelando a minha frente: o primeiro é essa indizível solidão).

Nessa rua
Nessa rua tem um bosque
Que se chama
Que se chama solidão
Dentro dele
Dentro dele mora um anjo
Que roubou
Que roubou meu coração

*****

Espia: o cavalo correndo solto, acima um rio de nuvens, os manguezais, o dia enorme para se fazer o que quisesse, a casa antiga onde cada canto espia nossas vidas de antes e cada guardado tem uma palavra nas suas dobras, como os segredos de sete chaves da tia: os cacos de louça, azuis, lilases e brancos, o reflexo do sol nos olhos, por tudo isso estamos, somos irmanados, pelos pedaços do que já foi e do que fez-se de nossas vidas, assim permanecemos estáticos espiando o tempo, o devir. Espia, ouve...

Alecrim, alecrim dourado
Que nasceu no campo
Sem ser semeado.

CAPÍTULO VI: AMORES

SONETO DE FIDELIDADE

E assim, quando mais tarde me procure
Quem sabe a morte, angústia de quem vive
Quem sabe a solidão, fim de quem ama

Eu possa me dizer do amor (que tive):
Que não seja imortal, posto que é chama
Mas que seja infinito enquanto dure.

Vinícius de Moraes

Quando eu morri, quase posso jurar que ouvi uma canção daquelas bem antigas, uma canção assim:

Índia seus cabelos nos ombros caídos,
Negros como a noite que não tem luar,
Seus lábios de rosa para mim sorrindo
E a doce meiguice desse seu olhar.

*****

Quando eu morri, ah sim, comigo levei meus amores. Alguns guardei no bolso do colete, outros levei no bolso interno do lado esquerdo do blusão jeans. Uns também exilei no purgatório quase perpétuo do esquecimento. Houve alguns que de mim mereceram poemas, mas — acudam-me, senhores autores canonizados, doutos dos sodalícios — quem é que não assinalou nos cadernos alguns versos imberbes como sua imatura juventude, cometendo a heresia de amar sem ser amado?

Acudo-me de Marcel Proust, mais uma vez: "Misericórdia a todo pecado, aos pecados da juventude. Afinal, outros na mocidade também têm pecados na consciência, e você não é o único a se julgar poeta na sua idade."

*****

Réu confesso devo colocar na mesa do destino minhas cartas: era pequeno, coração pulsando, veio de chofre a paixão. A escolhida tinha uns olhos enormes, castanhos, um jeito que eu — ah! Como todo jovem apaixonado é mesmo um abobalhado! — na minha miopia sentimental achava, digamos, coquete. Do coração o sentimento passou para o cérebro, embotado pelo afã de amar, e deste fluiu para as mãos, e estas, ah! Senhoras e senhores, estas cometeram uma ignomínia, ou melhor dizendo, várias em formas de poemas!

Perdoai-me, na santidade da Poesia, seja Baudelaire, Blake, Bandeira, Drummond, mas eu amava, que se haveria de fazer? Poemas, naturalmente. Oh! Meus pobres e raquíticos poemas... Nenhuma linha que prestasse, ainda que fossem julgados com a pena da indulgência e da comiseração, da pena que eu tivessem de mim... Coisas assim (oh, eu ainda me lembro!). *Os teus olhos castanhos/ São enormes, estranhos/ Povoados de mistérios. / Os teus olhos tão lindos/ Estejam indo ou vindo/ Eu os sigo e venero.*

*****

Oh! Pois sim: a mim crucifiquem, pois não sou digno de entrar nessa morada da Poesia. Mas, pelo amor de Deus, peço misericórdia ao menos por três fatores: eu era jovem, apaixonado e idiota. Claro, cá também andava a capiscar uns versos de Castro Alves, os quais (digamos) a mim serviram de "estímulo": *Teus olhos são negros, negros/ Como as noites sem luar/ São ardentes, são profundos/ Como o negrume do mar*

*****

Bem, embora navegasse eu, gondoleiro curiboca, em supostas águas mansas, eis que tinha um amigo e confessor, de prenome Jurandir. Pois não é que, numa dessas conversas marotas, no intervalo das aulas, contei a ele sobre meu súbito amor, frisson, paixão, o que fosse que ele denominasse.

Jurandir olhou-me surpreso:

— E já teve até poema?
— Teve...
Mostrei para ele. Olhou de soslaio.
— Não é de todo ruim...
Olhei para ele com ar cabreiro.
— Não mesmo?
E ele:
— Não és nenhum Castro Alves, mas...
Quase dou um soco nele! Ainda fez a indagação, que devia ter levantado a lebre da desconfiança em mim, ó pobre e louco apaixonado!
— Ela sabe de tudo?
— Deus me livre! Sabe nada... Ela é tipo minha namorada sem saber que é minha namorada...
Acho que ele só não caiu de bunda no chão porque estava sentado na mureta. Voltamos para a sala de aula.
No dia seguinte toda a escola sabia do meu amor secreto, que de secreto nada mais tinha: era o Amor que revelara seu nome. Perdido por um, perdido por mil? Sim e não. Errou os que pensaram que lá iria eu, de joelhos, confessar o amor à mulher amada. Fui é de punhos cerrados dar o soco que pensara dar nas fuças do Jurandir. Perdi um amor, foi-se a amizade indigna.

*****

Depois, muito depois, outros tempos, outros amores, outras vontades... Certa feita encontrei com um contraparente num dos lugares mais inusitados para se ter um reencontro: o cemitério. Deu-se assim...
Eu:
— Dê cá um abraço, primo!
Ele:
— Mas é claro, primo!
— E a vida como anda?
— Assim-assim.
— Sei... E os negócios?
— Na mesma.
Chamava-se Juvêncio, o primo, trocamos estas palavras triviais sob a copa de uma destas árvores inominadas e assépticas, que parecem opacas simulações da natureza, sem o charme das vistosas mangueiras de antanho,

ou mesmo dos jasmineiros. Situemos o caro leitor: estamos em um cemitério privado, situado na região metropolitana de uma grande capital brasileira. Nós acompanhávamos o enterro de um parente naquela ocasião.

— Primo, venha cá.

Juvêncio aproximou-se de mim. Apontei com o olhar, escudado pelos óculos escuros, uma mulher, à distância, que seguia o cortejo funerário junto às outras pessoas.

— Vês aquela mulher coberta de luto? A loira, esguia, de espinha ereta como uma modelo?

— Sim, sim. O primo me desculpe, mas acho que já foi mais viçosa, bonita de estampa em outros tempos... Sinto que a conheço! De quem se trata?

— É uma das filhas do falecido, do doutor Gonzaga, que creio deves ter ouvido falar em nossa família.

Ajeitei a gravata sem estampa, que havia entortado o nó em “V”. Juvêncio passou as mãos nos cabelos rigorosamente partidos ao meio da cabeçorra. Falei pausadamente.

— Primo Juvêncio, essa nossa família tem mais ramificações que qualquer árvore genealógica, né mesmo? Devo ter cumprimentado o defunto em alguma reunião do clã, aniversários etc. Mas deste primor de fêmea, ainda que já em sua descendente maturidade, jamais teria esquecido, se me tivesse sido dado o prazer de conhecê-la, confesso.

Juvêncio ensaiou um sorriso. Enxugou a testa com a toalhinha que trazia sempre no bolso do blazer. Quando a dobrou em quatro milimétricos quadrados, vi uma figura em que apareciam enlaçadas por um coração vermelho, destacadas em verde no bordado, duas letras: J & M.

— Pois tenho uma confissão a fazer, primo.

Sorri como se ironizasse o que Juvêncio dissera.

— Alguma coisa de alcova, primo?

— Assim-assim.

— Então...

— A conheci como Mirita; hoje deve atender por Dona Míriam Gonzaga de Quintino.

— Casada?

— Viúva. Segundo marido.

— Filhos?

— Filhas. Duas.

— Conservada, hem? Mas, me diga, e a confissão? Se bem que saibas que eu não sou nenhum túmulo, ainda que estejamos em um campo-santo...

Juvêncio sorriu da minha tirada humorística. Fez um sinal para que eu me aproximasse mais dele e convidou:

— Deixemos o cortejo seguir à frente; tomamos distância dos outros, e aí te conto esta história.

— Se assim é...

Assim fizemos. Os demais seguiam a pé o cortejo, que ia como uma serpente humana andando e orando pelas alamedas do cemitério sob o sol causticante de julho.

Cutuquei Juvêncio com o ombro.

— E então, primo?

— Bom... Faz muito tempo; não me pergunte quanto, que estas aritméticas da vida me dão canseira, especialmente depois de quase sete décadas de vida. Conheci Mirita quando, certa feita, andando a esmo pelo centro da cidade, depois do expediente no escritório e enquanto aguardava a hora das aulas na faculdade de Direito que então cursava. Vi-a perambulando também, perdida a olhar vitrines. Logrei que a conhecia, mas não lembrava de que lugar. Aproximei-me. Devo ter feito algum comentário banal sobre moda, o tempo, algo no gênero. Ela sorriu. Perguntei se esperava alguém. Disse que sim. Tinha aquele olhar perdido de quem estava sempre à espera de alguma coisa: uma pessoa, um amor, uma oportunidade...

— Uma romântica?

— Talvez. Insinuei que podia acompanhá-la, se ela aquiescesse. Concordou. Andamos a rua quase toda, a olhar vitrines e ver os camelôs desmontarem suas barracas. Era um crepúsculo lindo. A certa altura, já anoitecendo, disse que iria lanchar. Ela ia se despedindo quando eu peguei sua mão e a convidei para o lanche. Senti que ela se retraíra diante dessa possibilidade de prolongar a convivência, que talvez fosse forçada comigo...

— A esta altura, com certeza o primo já estava apaixonado...

— Menos, primo, menos. Mirita tinha lá seus encantos. Especialmente quando mais jovem. Uns olhos castanhos quase translúcidos, os cabelos que caíam em cachos negros perto da cintura que era de uma delicadeza de corpo de bailarina.

— E com toda essa poesia o primo quer me fazer acreditar que não se apaixonara?

— Pode ser... Eu era jovem, poeta com alguns poemas engavetados...

— Agora, a mim lembraste-me o Drummond, sei lá por quais razões: *Eu não devia te dizer, / mas essa lua, / mas esse conhaque / botam a gente comovido como o diabo.*

Juvêncio olhou-me com um riso contido.

— Não houve lua, nem conhaque, primo. Compartilhamos uma mesa em que nos refestelamos — se assim posso dizer — de prosaicos pratos de caruru e vatapá, que era o que minhas modestas posses de postulante à carreira jurídica podiam oferecer naquela ocasião.

— E depois?

— Depois nos despedimos com um formal aperto de mão.

— Só isso?

— Calma com o andor que o santo é de porcelana e pode trincar! Duas ou três semanas depois do que narrei a encontrei de novo.

— Na rua a olhar vitrines?

— Não, não. Perto da faculdade. Olhava insistentemente para o relógio. Estava na cara que esperava alguém. Ficou surpresa quando me viu. Acho até que estava constrangida com a minha presença.

— Hum...

— Conversamos rápido, coisa de minutos. Eu corria para assistir à primeira aula, ela decerto esperava alguém bastante atrasado. Foi quando o conheci.

— Quem é esta personagem que irrompe assim na tua história, primo?

— Chamava-se Andrade. Eu o enxergava dos corredores da faculdade. Cortejava a torto e a direito as colegas. Mulherengo. E casado!

— Fato que contaste à jovem, pois sim?

— Não... Cumprimentei o casal, corri para as aulas. Não tive a coragem que deveria ter tido de contar a ela sobre o infame; aliás, acho que a falta de intimidade maior foi o que me fez não falar nada.

— E aí...

Juvêncio tossiu um pouco. Estendi a ele uma garrafa de água mineral.

— Daí que a vida vai passando e durante um bom tempo não vi mais a Mirita. Em um fim de semana fui até uma festa de aniversário, destas que reúnem a família toda — ou quase. Foi num sítio de um destes tios que é dono de uma churrascaria. Lembro que ficava situado nos arredores de Castanhal. Havia de tudo, acredite-me: tios balofos se entupindo de espetinhos de carne que abundavam; outras tias quase morando dentro das garrafas de cachaça ou de cerveja; enfim, um espetáculo deprimente do que há de pior na espécie humana. Num canto, feito flor rara, localizo quem? Mirita.

— Como assim?

— É aqui que a porca torce o rabo. Ia dirigir-me a ela, que já sorrira para mim, quando irrompe entre nós a prima Maroca.

— Que azar!

— Nem tanto. Maroca foi quem nos apresentou com toda a formalidade. Elogiou-me como o primo mais inteligente da família, futuro advogado, poeta de versos desbragadamente românticos etc. e tal. Quase nós dois — eu e Mirita — rolávamos de tanto rir.

— E ela? O que disse? Amancebara-se com o crápula do Andrade?

— Calma, primo, calma no Brasil! Nem tanto ao mar, nem tanto para a terra. Mirita — sem que eu precisasse intervir — acabou descobrindo não só que Andrade era casado, mas que o safardana ainda tinha duas amantes que visitava em semanas e dias alternados. Foi a gota d'água para ela.

— Ainda bem! Então, claro, abriu-se uma fresta para o primo – finalmente! — entrar na vida da moçoila?

— Quem dera! Nesse período em que não nos vimos, não só ela se desapegou do traste do Andrade como acabou conhecendo um tal Leandro, moço que militava como contador em uma casa bancária, e com o qual acabou noivando...

— Que triste para sua pessoa, primo!

— Pois é... Depois disso passamos muito tempo sem nos ver. Acabei por dar conta do curso de Direito, formar-me com louvor, me enamorar de uma mulher que até hoje é a razão de minha vida, junto com meus filhos (todos casados), constituir banca de advogados com sucesso etc. e etc.

— E notícias da Mirita nesse interregno?

— Aqui e ali nas conversas em aniversários e funerais, primo. Soube há tempos que enviuvara do tal Leandro e se casara, transcorridos alguns anos, em novas núpcias com um bem aquinhoado importador de quinquilharias oriundas da China, o tal Quintino. Com o primeiro marido tivera uma filha, hoje uma mulher de seus vinte e poucos anos; com o segundo tem outra menina, creio que esta pequerrucha que segue ali atracada às saias da mulher que suponho ser a babá.

— Que história, primo! E este amor, se bem entendi, acabou ficando no platonismo das intenções nunca reveladas e nem realizadas?

— Com certeza! — como este cadáver do tio Gonzaga que agora está sendo descido para que a terra o cubra —, se foi amor ou paixão pubescente que seja, acabou na cova dos dias que o tempo enterra – como de resto enterrará a todos nós!

Nós dois nos benzemos ao mesmo tempo.

CAPÍTULO VII: QUASE LÁ

QUANDO EU ME CHAMAR SAUDADE

Sei que amanhã
Quando eu morrer
Os meus amigos vão dizer
Que eu tinha um bom coração
Nelson Cavaquinho

Quando eu morri... Fui abrindo os olhos bem devagar, lenta e gradualmente, para que a luminosidade não chegasse a me cegar com tantos sóis que eu via. Aquilo fez com que eu lembrasse da já distante adolescência, quando aos sábados eu adormecia depois das farras com os amigos na sexta, encontros litero-musicais que adentravam os sábados, e que faziam – quando eu acordava bem lá depois do meio-dia e demorava a concatenar as ideias e ter a noção exata do espaço que eu estava, que dia era, que horas. Foi assim quando voltei de lá, do outro lado do portal, acreditem. Uma vez eu li a respeito em um site. A matéria tinha o seguinte título: "O que dizem as pessoas que passaram por experiência de quase-morte". E dizia assim: "Uma a cada 10 pessoas já teve sensações associadas a experiências de quase morte, como alucinações visuais ou auditivas, estar 'fora do corpo', pensamento acelerado e distorção na percepção do tempo. O dado é de um estudo divulgado durante o 5º Congresso Europeu da Academia de Neurologia, ocorrido no fim de junho em Oslo, Noruega, e que envolveu participantes de 35 países."

Calma, já chego aonde quero chegar: "Foram recrutados mais de 1.034 voluntários através de uma plataforma online de *crowdsourcing* (modelo de criação ou financiamento coletivo). Através dessa metodologia, vieses foram eliminados durante a seleção dos participantes, que foram questionados sobre as experiências de quase morte, caso tivessem tido. Para detalhar as sensações, os pesquisadores usaram uma escala de experiência de quase morte, conhecida por escala de Greyson. Do total de 289 pessoas que responderam terem tido experiências do tipo, 106 atingiram o valor de 7 na escala, indicando ser uma resposta positiva e coerente com as sensações de quase morte. Ainda, 55% das pessoas entenderam essas sensações como algo que colocava a vida delas em risco, enquanto 45% não viram dessa forma."

Se vocês, ao lerem esses parágrafos estão tendo uma sensação de "uau", imaginem a minha cara quando li, depois de tudo que vivi quando... morri? Já nem sei mesmo pelo que passei, mas quero mostrar mais da matéria do site, por favor.

"Conforme o relato dos participantes, as experiências mais frequentemente citadas incluíam:

a) Percepção anormal de tempo (87%)
b) Pensamento excepcionalmente acelerado (65%)
c) Sentidos excepcionalmente vívidos (63%)
d) Sensação de estar separado ou fora do corpo (53%)

Houve ainda quem citasse ter uma sensação de paz total, sentir a alma ser "sugada" para fora, ouvir o canto de anjos, ver a vida passar diante dos olhos, e até mesmo estar em um túnel escuro com uma luz brilhante ao final. Outros também relataram sentir a presença de outras pessoas próximas a eles antes de irem dormir, ou de alguém sentado em cima do peito, impedindo o movimento da pessoa."

*****

Preciso parar a leitura. A boca ficou seca. O coração palpitou mais forte. Muito mesmo. Uma sensação de vazio (ainda) por dentro. Quando voltei do outro lado — estou preferindo chamar assim a "experiência" – e me vi envolvido em uma miríade de luzes, que aos poucos foram diminuindo de intensidade, minha primeira pergunta foi quase um chiste:

— Gente, por favor, eu estou vivo ou morto?

Ato contínuo fiz um esforço danado para me sentar, levantar. Não consegui. Mas ouvi alguns risos. Um moço todo vestido de branco mostrou sua face para mim. Ele usava uma máscara que cobria quase todo seu rosto e outro equipamento — que vim depois a saber ser o *face shield* — transparente sobre essa máscara branca.

— Você é médico mesmo ou um anjo que vai me levar para o céu?

Ouvi novas risadas. Finalmente vi um rosto que achei ser conhecido. Ou ao menos parecia.

— Ora, ora! Vejo que o senhor Teimosia voltou mesmo à vida... E já retorna fazendo suas gracinhas, né?

Era minha irmã caçula, Lavínia. Depois de tanto tempo — que eu nem sabia quanto! — era muito gratificante ver um rosto familiar. Desabei no choro. As lágrimas pareceram lavar minha alma, limpar minha garganta, purificar meu corpo.

*****

Lavínia teve a calma de conseguir explicar-me, com sua notória paciência comigo, o desenrolar dos acontecimentos, de forma até didática e cronológica, não fosse ela professora e pedagoga.

— Calma, você não deve fazer nenhum esforço! Ainda não force para qualquer movimento brusco...

— Mana, eu só quero me levantar dessa... cama? Eu estou num hospital?

Ela riu da minha fala. E começou a dar algumas explicações, bem devagar, pois meu cérebro parecia funcionar numa espécie de câmera lenta. Algumas vezes a voz dela ia se distanciando e o próprio tom da voz da minha irmã, a mim dava uma sonolência quando eu a ouvia.

Então ela contou-me o seguinte:

— Fiquei preocupada contigo logo no primeiro final de semana que não deste sinal de vida, não deves nem lembrar. E não força. Os médicos dizem que essa perda de memória pode ser gradativa; calha dela voltar aos poucos, ou demorar bastante. Depende de cada pessoa...

— Médicos!

— Olha, eu se fosse você levantava era as mãos para o céu! Esses médicos trabalham muito, viu! Muito mesmo! Eles e os enfermeiros...

— *Siga la pelota...*

— Então... No dito final de semana que fui à tua casa, lá estava você todo enrodilhado numa manta velha, naquela cama antiga que foi da mamãe, ardendo em febre, mas insistia em dizer que era só uma "gripezinha", um resfriado que logo ia passar, que eu preparasse um chá de sei lá o quê e te desse com dois comprimidos...

— Pelo jeito Obediência nunca foi o teu nome do meio, né maninha?

— Não mesmo! Os sintomas da Covid-19 estavam todos ali: febre, tosse seca e cansaço (os mais comuns); e em ti apareceram os que os especialistas dizem ser os menos comuns: dores e desconfortos, dor de garganta, diarreia, conjuntivite, dor de cabeça, perda de paladar ou olfato, erupção cutânea na pele ou descoloração dos dedos das mãos ou dos pés.

— Tudo isso ao mesmo tempo?

— Não que não! Tudo ao mesmo tempo, sim senhor! Agora, graças a Deus, a gente pode rir, até porque já passou, mas na hora eu falei comigo mesmo: será que ele tem ao menos um plano de funerária...

— Mana, esse otimismo me comove!

— Deixa de graça que é! O pior estava por vir...

— Ainda teve coisa pior? Se eu estava quase somente o aro naquela ocasião, pelo que você falou, o que poderia vir a piorar?

— Tudo. Todo teu quadro. Todo você.

— Como assim?

— Jesus! Maria! José! Dá até uma coisa aqui por dentro quando eu falo de novo, dá mesmo, não sei se tu acreditas. Pois bem: te pegamos lá, eu e teu cunhado, e te internamos aqui. Na época já havia uns dois meses que a tal pandemia tinha começado. Não sei se tu ainda tens lembrança do começo dessa doença maldita...

Fiz cara de paisagem. Não lembrava de nada.

— Eu imaginava. Pois bem: de março para abril foi uma mortandade que parecia uma guerra de tantos enterros no mesmo dia pelos cemitérios. E uma das coisas mais tristes que já vi nessa vida eu guardei nos meus olhos que essa terra há de comer, acaso eu não decida até lá por fazer a cremação do meu corpo...

— Olha ela fazendo graça!

— Fazendo graça é? Tu não sabes o que eu passei de aperreamento nesses quase quarenta dias, mano!

— Tanto tempo assim? Mas conta o que tu ias dizer, mulher!

— Da história da tristeza que eu falei? Ah! Era porque as famílias não podiam nem dar um enterro digno, fazer uma despedida praquelas pessoas queridas que estavam indo embora, para sempre, vítimas dessa famigerada doença!

Ela parou de falar um instante. Estava arfando. Foi buscar um copo de água. Ao meu lado havia outro. Tomamos o líquido quase simultaneamente.

— E quanto a mim?

— Tu só pioravas e aumentava a aflição da gente quando vínhamos para cá pro hospital de campanha; vieram os sintomas graves: dificuldade de respirar ou falta de ar, dor ou pressão no peito, perda de fala ou movimento. Até que um dia a coisa piorou...

— Caramba! Se eu já estava bem ruim, piorar seria a morte...

— Quase. Coma induzido. Os médicos relutaram. Fizeram uma junta. Discutiram pra caramba o teu caso. Houve um que até levou os laudos para um congresso de medicina virtual que aconteceu. Então, te entubaram... Todo mundo dizia: te conforma, é só questão de horas. Eu não me conformava. Os médicos davam alguma esperança. Diziam que teu histórico médico era bom, nada grave antes da maldita doença, mas a gente chegava e via lá no boletim médico: paciente estável.

— Não acho isso nada bom... Lembra da mamãe? Pois é!

— Foi o que logo passou pela minha cabeça. Mas tu não tens ideia da imensa aflição que era, duas vezes por semana, vir aqui e ler as duas palavras digitadas à frente do teu nome: paciente estável. Uma semana: paciente estável. Dez dias: paciente estável. Duas semanas: paciente estável. Vinte dias: paciente estável. Vinte e cinco dias: paciente estável...

Ela estava chorando. Soluçava mesmo. Nunca tinha visto Lavínia num estado daqueles. Suspirava e chorava. Levou naquilo uns cinco a dez minutos, eu acho. Depois voltou a falar.

— Foram 37 dias, mano. Sabe lá o que é isso? Todo dia, te juro, eu acordava e orava pedindo que Deus te desse mais aquele dia, só mais aquele, e operasse um milagre na tua vida, que era o de te manter vivo. Mas eu estava me consumindo, me acabando. Com trinta dias eu caí doente, pressão arterial foi para as alturas. Resultado: dois dias internada. Proibida de sair de casa. Mas ali me mantendo firme na minha meta, orando por ti, mano. Teu cunhado era quem vinha nesse período. Quando foi anteontem eu fiz uma promessa pra Nossa Senhora de Nazaré logo de manhãzinha. No final da tarde meu marido veio aqui. Qual não foi a surpresa dele...

— Conta logo!

— Te acalma logo que é! A história é tua, mas quem está contando sou eu!

— Protagonismo feminino? Total apoio.

— Hum! Tá cheiroso! A surpresa foi que os médicos disseram que estavas reagindo ao novo coquetel de medicamentos, surpreendentemente. Quando eu soube, olha, chorei muito e agradeci para Nossa Senhora de Nazaré o milagre. E, de ontem, já voltas a falar, pediste comida e, quando eu vejo, não é que hoje o senhor todo pabulagem já quer até sair da cama? Mas não é o que digo?

E finalmente, depois daquele debulhar de lágrimas eu vi minha irmã sorrir. Na hora achei o rosto dela encovado a cara de Nossa Senhora de Nazaré, a padroeira dos paraenses.

*****

Por recomendação dos médicos, Lavínia preparou um pequeno dossiê dos quase quarenta dias que passei entre a vida e a morte, para que avivasse minhas memórias, promovesse um retorno ao mundo dos vivos de quem esteve quase lá do outro lado. Vou reproduzir aqui alguma coisa desse levantamento feito.

*****

10 DE ABRIL DE 2020 - Governo do Pará entrega em Belém o maior Hospital de Campanha do Brasil

O Governo do Pará entregou, na tarde desta sexta-feira (10), o maior Hospital de Campanha em funcionamento no Brasil. Localizado no Hangar – Centro de Convenções e Feiras da Amazônia, em Belém, a unidade hospitalar de retaguarda tem 420 leitos, de baixa e média complexidade, e já está recebendo pacientes estáveis de Covid-19. Além da Região Metropolitana de Belém, o Hospital atenderá a demanda das regiões nordeste e Marajó Oriental.

Além da capital, o Governo está instalando Hospitais de Campanha em Santarém (no Oeste), Marabá (no Sudeste) e em Breves (no Marajó). Juntas, as unidades somam 720 leitos aos já existentes na rede pública de saúde do Estado. O governador Helder Barbalho ressaltou, no ato de entrega do Hospital de Campanha, que as novas vagas são destinadas a pacientes com sintomas leves ou moderados de Covid-19, que não necessitam de internação em Unidade de Terapia Intensiva (UTI).

*****

20 DE MAIO DE 2020 - Secretaria de Saúde informa mais de mil casos subnotificados de Covid-19 no Pará

Casos subnotificados do novo coronavírus no Pará começaram a ser divulgados pela Secretaria de Saúde do Estado (Sespa). Nesta quarta-feira (20) o secretário estadual de saúde, Alberto Beltrame, informou que os dados de Covid-19 no Pará passarão por auditoria por meio de uma força-tarefa. Ela é composta por técnicos que colhem os dados junto aos municípios para levantar resultados de testes rápidos que ainda não haviam sido informados à Sespa e estavam fora da contagem oficial. Com atualização de 1.051 casos subnotificados (desse número 900 infectados e 151 mortos), o Pará registra 18.929 casos e 1.778 óbitos por Covid-19.

*****

12 DE JUNHO DE 2020 - Covid-19 causa quatro vezes mais mortes que crimes violentos no Pará em 2020, aponta Segup

A Covid-19 causou quase quatro vezes mais mortes que crimes violentos no Pará em 2020. A informação, divulgada nesta sexta-feira (12) pela Secretaria de Segurança Pública do Estado (Segup), aponta que a doença registrou, em 72 dias de pandemia, aproximadamente 3 mil mortes a mais que crimes violentos desde o início do ano.

De acordo com a Segup, do dia 1º de janeiro de 2020 até o dia 10 de junho do mesmo ano, 1.052 mortes por crimes violentos foram registradas no Pará. Entre os casos, foram computados homicídios, latrocínios e lesões corporais seguidas de morte.

Já a primeira morte de Covid-19 no Pará foi registrada no dia 1º de abril, em Santarém. Desse dia até 11 de junho, 4.090 pessoas morreram com a doença no estado, segundo a Secretaria de Saúde do Pará (Sespa). Esse número é 3,88 vezes maior que o total de mortos por crimes violentos.

*****

19 DE JULHO DE 2020 - Pará registra 138.397 casos e 5.538 óbitos de Covid-19

A Secretaria de Saúde do Pará (Sespa) confirmou neste domingo (19) mais 912 novos casos de infectados com o novo coronavírus e 15 óbitos. Agora, são 138.397 casos e 5.538 óbitos no estado.

De acordo com o boletim, são 105 novos casos de Covid-19 e um óbito cadastrados hoje e nos últimos sete dias. Em relação à subnotificação das prefeituras, confirmamos mais 807 casos e 14 óbitos acontecidos em dias anteriores.

*****

17 DE AGOSTO DE 2020 - Pará registra 182.231 casos e 6.015 óbitos de Covid-19

A Secretaria de Saúde do Pará (Sespa) confirmou nesta terça-feira (18) mais 2.141 casos de Covid-19 e 40 mortes. Agora são 182.231 casos e 6.015 óbitos no estado. São 166.391 recuperados, até então.

Segundo a Sespa, foram 242 casos e 20 óbitos nos últimos sete dias, além de 1.899 casos e 20 óbitos de dias anteriores.

Em relação à ocupação de leitos na rede estadual, o Pará tem 28,23%% dos leitos clínicos e 56,50% das Unidades de Terapia Intensiva (UTI) ocupados.

De acordo com a Sespa, já foram realizados 230.324 testes rápidos e 37.812 testes de PCR para Covid-19, até então.

*****

Hoje que revejo esses recortes daquele tempo não tão distante assim, penso que a vida a mim deu uma segunda chance, e que é idiotice mesmo desperdiçar essa ocasião. A memória vai aos poucos voltando. Soube de um outro caso que a pessoa ficou trinta e três dias em coma induzido e os relatos das experiências que ela passou são muito, mas muito mesmo, similares aos meus.

No dia da minha saída do hospital, um protocolo que já virara rotina foi feito: um corredor de profissionais de branco me esperava com balões, como se fosse meu aniversário de renascimento... E era mesmo. Na linha de frente vi aquele enfermeiro que usava *face shield* quando me atendia. Engraçado é que ele sorriu para mim, uma hora, rápido, tirando a máscara branca do rosto, e este me pareceu tão familiar... Enfim, saí sob aplausos, com Lavínia conduzindo minha cadeira de rodas.

Naquele dia que eu saí do hospital de campanha, confesso que deixei um largo tempo de vida para trás, mas também rompi a escuridão que queria me tomar e voltei para este lado de cá, onde o sol nos banha de luz quase todos os dias.

PARTE II: CORA EM CINCO PRISMAS

"Cumpriu sua sentença. Encontrou-se com o único mal irremediável, aquilo que é a marca do nosso estranho destino sobre a terra, aquele fato sem explicação que iguala tudo o que é vivo num só rebanho de condenados, porque tudo o que é vivo, morre."

Ariano Suassuna
(*O Auto da Compadecida*)

CAPÍTULO I: MEU SER COMIGO

Nada sou, nada posso, nada sigo.
Trago, por ilusão, meu ser comigo.
Não compreendo compreender, nem sei
Se hei de ser, sendo nada, o que serei.
Fernando Pessoa (1888/1935)

Diante do espelho. Nua. Peitos flácidos. Bunda flácida. Barriguinha proeminente. Se estivéssemos na época do Renascimento, olha, daí seria a gostosona, a fodástica, a tal. Como estamos nesse lodaçal dessa merda de sociedade de consumo, vai que sucede serem essas deusas de barriga acachapada, cambitos de fora, faces descoradas, as que mandam. Sifudê, viu Sociedade de Consumo. Tomar no cu!

Quer ver o lance do Renascimento? Tenho por aqui nos meus arquivos... Ah! Achei! *Prestenção*: "No período renascentista, os valores humanistas retornaram, assim como a adoção de padrões de beleza da Antiguidade. As pinturas se tornaram mais sedutoras, com os corpos à mostra. Nos quadros, as mulheres exibiam os cabelos longos e formas avantajadas, enquanto os homens apresentavam um corpo sem pelos e com músculos. Os ideais greco-romanos também voltam a imperar nessa época. A obesidade representava status, riqueza e ostentação — o que só estava disponível para um seleto grupo da nobreza."

Vocês estão vendo? Leiam de novo junto comigo: "A obesidade representava status, riqueza e ostentação — o que só estava disponível para um seleto grupo da nobreza." Delícia das delícias ler essas palavras, gente. Não, queridinhas, amorecos, babies, manas, eu não estou defendendo uma Sociedade Obesa como a mais do que perfeita. Releiam tudo o que escrevi. Palavra por palavra. Ponto a ponto. tim-tim por tim-tim. O que eu prezo é a liberdade de ser o que eu quiser ser, inclusive nada. Qual o problema? Até o Fernando Pessoa, via seu heterônimo Álvaro de Campos, que dizem que era fodão, certa feita escreveu assim em "Tabacaria":

Não sou nada.
Nunca serei nada.
Não posso querer ser nada.
À parte isso, tenho em mim todos os sonhos do mundo.

Eu amo esse poema. Não vou ficar posando de *culturete* e encher o saco de vocês e reproduzir todo ele aqui. Mas quero deixar esse outro trecho, ao menos.

Janelas do meu quarto,
Do meu quarto de um dos milhões do mundo que ninguém sabe quem é
(E se soubessem quem é, o que saberiam?),
Dais para o mistério de uma rua cruzada constantemente por gente,
Para uma rua inacessível a todos os pensamentos,
Real, impossivelmente real, certa, desconhecidamente certa,
Com o mistério das coisas por baixo das pedras e dos seres,
Com a morte a pôr umidade nas paredes e cabelos brancos nos homens,
Com o Destino a conduzir a carroça de tudo pela estrada de nada.

*****

É assim que estou agora, aqui nessa metrópole que sufoca, nesse tempo de trevas e silêncios inquietantes, de alheamentos, nesse período de muitos conflitos, de arranca-rabo ideológico: *Do meu quarto de um dos milhões do mundo que ninguém sabe quem é/ (E se soubessem quem é, o que saberiam?).*

Aqui, trancafiada nessa solidão cercada pelas quatro paredes, não sei se meu vizinho, ou vizinha da esquerda, morreu ou perdeu alguém na pandemia, se os da direita ainda estão retidos na Austrália ou na África do Sul, se aquele simpático maconheiro do andar de cima — aquele que enviesava olhares para os meus peitos, quando eu deixava de usar sutiã, e que quase entrava, literal e sexualmente, no abismo do meu decote — já foi ou ainda não despejado pela senhoria dele, a simpática velhinha de um metro e meio de altura do sétimo andar.

Se antes ninguém se encarava no elevador — exceto o maconheiro tarado que eu falei... — hoje mesmo que a situação está tão tensa que quase dá para fatiar o clima em fatias bem fininhas, ha, ha. Tocou nos botões? *Alquingel.* Tocou na porta do elevador? *Alquingel. Alguingel* é a panaceia desse tempo de diásporas internas.

*****

Voltando a falar sobre o tema lá do começo, o corpo. Vocês estão ligados/ligadas, que na Pré-História o corpo era considerado a arma de sobrevivência dos indivíduos. Isso valia fosse para uma atividade como a caça quanto para a fuga dos predadores. Sacam a famosa "perna pra que te quero"? Então! Ainda assim, a porra da imposição dos padrões de beleza já tinha ganhado notoriedade, desde quando o homem começou a viver em grupos, vejam vocês!

Vai daí criou-se uma hierarquia (lá vem a tal da dominação masculina, da sociedade heteronormativa), na qual (claro!) os homens estavam no topo, e se utilizavam de elementos tais como as garras e os dentes de animais abatidos para alimentação, a fim de se destacarem dos demais. Quanto a nós, meninas, a obesidade era o ideal estético perfeito para as mulheres (que bom, não?). O foda era que, nesse caso, ela era associada à fertilidade e à disponibilidade de recursos. Porra! Olha os padrões estéticos e capitalistas aí já se impondo na época dos *Flinstones*.

E quando pintou a Idade Média? Saca só: foi o único período da História desse nosso planeta que estamos fodendo todo o dia, em que não houve o domínio de algum padrão de beleza. Você está aí escancarando a bocarra, filha? Tipo: Como? O quê? Não se avexe não, nada é pra já... Isso foi graças à nossa digníssima Mãe de todas as repressões, a Igreja, a qual mudou os saudáveis hábitos de higiene dos gregos e dos romanos, sendo estes abruptamente transformados. A Igreja — *mother fucker*! — pregava que os cuidados com corpo era algo profano, imoral e indecente, e sendo assim, contradiziam as leis divinas. Santa Hipocrisia! Agora dá para entender a causa de tantas pestes e doenças surgirem nesse período, e o motivo de ser chamada de a Idade das Trevas.

Bom, quanto ao quesito Beleza, havia a crença de que esta era uma consequência da sua obediência, devoção, pureza e castidade... Tipo assim um padrão "Virgem Maria", porra! Para os homens, essas questões estavam ligadas ao poder, tanto que a maior referência para os homens era o rei. Já ouviram falar que o poder é o melhor afrodisíaco?

*****

Vocês vão rir do que eu vou falar: voltemos ao Nada. Parece incrível constatar, mas nesse tempo de exílios involuntários, em que ficamos trancados em nossos espaços, boa parte do tempo em que ficávamos na rua, em atividades profissionais ou em saídas com os amigos e amigas, aquele show da moda, o chope no fim de tarde da sexta-feira, agora tudo se resume entre quatro paredes.

Acordamos entre quatro paredes. Tomamos café entre quatro paredes. Almoçamos entre quatro paredes. Choramos, cansamos, trabalhamos, nos masturbamos, desejamos, amamos – mesmo que à distância –, tudo entre quatro paredes. De noite é bem mais triste a solidão aqui dessas "Janelas do meu quarto". Contemplo a miríade de luzes que vai se abrindo em leque logo no começo da noite – confesso que nunca havia assistido a esse "fenômeno" antes daqui do meu observatório privilegiado – e sinto que acontece algo inverso: dentro de mim como que se apaga uma estrela, vai sendo criado um abismo, um infindo Nada.

*****

O Nada... Minhas anotações, por Baco! – falar nisso estou pela bola sete, tomando a última garrafa de vinho tinto; preciso ir ao supermercado, mas ainda sinto receio de sair dessa minha bolha. Achei! "Ao pensar-se no 'nada', associamos à nossa mente a ausência de qualquer coisa que seja, o vazio absoluto."

Sei que vai parecer "chover no molhado", mas o tema vem bailando há tempos na Filosofia: "o nada foi pensado como conceito pelos filósofos que questionavam inclusive se *o nada existe?*". Talvez nem seja oportuno, nesse momento de aparente "apagão" da Humanidade, remexer nessa temática, mas "ao definir o nada como a ausência de qualquer coisa, então do próprio existir, Kant apresentou a existência do nada como um "pseudoproblema", uma falsa questão."

Aqui eu vejo essa questão pelo prisma de Sartre, que é um dos primeiros a tratar o nada em oposição ao ser: ou seja, este sendo algo palpável, o existir de algo. Como por exemplo, essa solidão, uma ausência de mim mesma, que se debruça na sacada enquanto os pirilampos-lâmpadas vão acendendo algumas esperanças acerca de nossa finitude.

Ainda sobre o Nada: Heidegger, notadamente influenciado pelos místicos, trata em sua aula inaugural, "*Que é Metafísica?*", que a pergunta fundamental da metafísica é "*por que existe o ser e não o nada?*" (ou "*por que existe afinal ente e não antes nada?*"). Benza Deus! Entre o Ser e o Nada sartreano, dois caminhos: o infinito do Tempo e nossa finitude carnal. A partir da indagação anterior, o cosmólogo brasileiro Mário Novello, a usa como pergunta fundamental da cosmologia, quando tenta tratar como surgiu o universo, que seria o maior objeto que a ciência pode tratar.

*****

Como hoje eu estou meio Belchior, deixemos a profundidade de lado, e mergulhemos nesses charcos das memórias. Talvez o vinho seja o culpado, talvez a noite que pareça interminável nestes dias em que uma segunda-feira emenda na terça e quando vemos já é sexta e nos espantamos, de verdade: já?

Mais vinho, mais vinho, peço para mim mesma e fecho os olhos, enquanto me deito no sofá somente de calcinha, os seios sentindo a brisa que balança o cortinado quase diáfano que se deixa atravessar pelas luzes lá de fora.

*****

Não me cobrem datas, coerência, coesão, porra nenhuma dessas coisas. Não lembro se era de manhã, tardezinha ou noite ainda. É possível que fosse quase noite, aquele instante mágico em que todos os pássaros do dia abrem as asas e nublam o sol, quando de negro se veste o mundo, como um pistoleiro de um *spaghetti western* dos anos 1970, um que fosse o vilão diante de Giuliano Gemma. Ora! não lembro bem todas essas coisas, muito embora elas venham de vez em quando na memória, aos poucos, feito um enigmático e infindo quebra-cabeças que vai se formando, uma sempre nova caixinha de surpresas que me traz algum sorriso, embora permeada de dor.

Não lembro se já usava batom — aquele vermelho abusado que minha mãe detestava; ela dizia que "era cor de boca de puta". Não lembro também se a blusa era cor-de-rosa choque, se ainda usava o cabelo em duas tranças enormes que davam ao meu rosto ao mesmo tempo um ar de menina que saíra do colégio e cantarolava pelas ruas, despreocupada, e de mulher que buscava desvendar segredos que ainda desconhecia (a primeira vez que menstruei, por exemplo: o sangue assustando a menina, o horror de pensar que estava ligado à morte aquele mênstruo; entanto, soube depois, contado em sussurros como fosse um segredo vital, que nada mais era aquilo que um iniciar de vida que se instaurara dentro de mim).

*****

Também não lembro como estava naquele dia, *the terrible day* como escrevi com o meu inglês capenga numa página de um diário que anda perdido no meio dos meus relicários, esse passado que me recuso a tirar a poeira assentada, a revolver os papéis amarfanhados e amarelados; deixemos os defuntos quietos em suas tumbas, por Baco!

De uma coisa eu bem me recordo: do vento que deslizava pelo meu corpo, insinuando carícias por sob as vestes azuis e brancas, que me fazia ter um frisson. Algumas coisas se confundem na minha cabeça: a lembrança do homem-tronco que estendia o olhar pedinte dele para mim, e dos tocos dos membros dele que me assustaram e fizeram com que andasse num passo cada vez mais apressado, nervoso andar que me impedia de deter os olhos pelo verdor das mangueiras, pelo chão ocre que estava incrustado de brilhos e poças d'água ainda da última chuva (eu me recordo mesmo é de como gostava de olhar a chuva vindo, miríade de pingos que deslizavam pelos vidrilhos e confundiam-se com o branco do dia lá fora – ou era mesmo um cinza que entorpecia os sentidos e dava uma sonolência, um certo amolecer na gente?).

*****

Ah! Essa minha história esfacelada como um caderno de arame que pegou chuva por descuidos da dona... Confesso que não lembro nem mesmo mais da face dele, o rosto fica confuso entre tantos rostos que vi até hoje por toda a vida. Rostos que foram um dia importantes para mim.

Rostos que um dia me contaram algum segredo novo da vida e me requestaram. Rostos que são sombras perdidas nalguma zona esquecida da memória, nebulosas lembranças que, aos sutis lampejos de lembrares, voltam. Mas o rosto dele nunca vejo, mesmo. *Mr. Shadow*, como eu o chamo, não tem olhos, boca, pernas, nada: é apenas uma silhueta da memória que se desenha no meu lembrar, como um daqueles bonecos de papel com os quais brincávamos na infância, que tinham um corpo amorfo, ao qual íamos acrescendo vida com indumentárias, adereço, coisas.

O nome, então, é alguma coisa da qual não tenho a mínima lembrança; também se confunde com outros tantos nomes que apareceram na minha vida. Só tenho certeza — mas é uma certeza do tipo pesquisa de intenções de votos em tempo de eleições — varia para cima e para baixo — a de que foi o nome de alguém que importou muito para minha vida, alguém que me surpreendeu e, assim, por tabela, cativou — cavaleiro surgido das sombras de algum imaginoso castelo gótico. Ou ele seria invenção dos meus sonhos de menina que tornavam demônios em anjos, sapos em príncipes?

*****

Já não me recordo, tampouco, de algum gesto dele. Só a dor — a memória na epiderme — é presente. Ah! Dor que é memória de antes, dos dias em que as dores deviam ser proibidas... (Esses sentires deviam só serem permitidos bem depois; que é de uma menina que se apaixona e sofre? "O sofrimento redime", foi o que a mim disseram. Ora, adiantava muito saber isso? Nada, um quase nada pelo menos. Dor é dor e pronto, acabou-se o que era doce...).

Mas mesmo que a memória dele não tenha face, nome ou gesto que eu me recorde, existe — e por incrível que pareça ainda lateja — a dor. E isso faz eu me lembrar que corria ao encontro dele todos os dias, fizesse o sol mais forte que fosse ou chovesse. Quanta paixão! Quanta idiotice! Saía do colégio arfante, um pássaro palpitando no peito, um riso no rosto. Bastava vê-lo ao longe para alucinar-se meu apaixonado corpo de menina pelo dele de homem feito; o coração desengrenava – nunca ninguém me disse, naquele tempo, que meninas amam com a sofreguidão com que querem que a vida passe...

*****

E assim beijava sôfrega, do jeito que aprendera no cinema, com os olhos fechados, imaginando cenas mais tórridas, inimagináveis delírios para um namoro de praça e portão. Ah! E o sofá? Os olhos inquisidores de pais/tios/avós, horrível sensação de sentir-se observada por todos, ouvir os risinhos debochados dos irmãos, os cochichos quando ele punha a mão sobre meu esquálido joelho (lá por dentro eu era um vulcão, erupção pronta para acontecer). A intimidade toda devassada, assim sentia; confissões infindáveis tiradas sobre os pais dele, as intenções, o que fazia, onde estudava o que queria ser quando crescesse.

Crescer... Pois eu já não crescera o bastante para desejar ser amada por alguém e querer ter o peito dele de encontro ao meu, ambos desnudos, os dois palpitando, nus e sós nalgum lugar ermo?

Assim eu sonhava, de noite, enrolada no lençol imaculadamente branco que imaginavas manchado pela "rubra rosa do desejo", como eu tinha lido num desses romances vendidos em bancas de revista na época. Até hoje acho essa uma imagem muito escrota.

Então, assim, eu já não crescera o suficiente para fugir da aula de Química, correr até a praça, devanear com ele até que fosse tarde o bastante, que víssemos a primeira estrela surgir e eu (ah! Menina acorda!) me encantasse com o riso dele, com o gesto que eu achava delicado de ter indicado a estrela: "Aquela é a nossa estrela..."

*****

E assim sucederam-se dias e dias, noites e noites, os dois olhando o céu, sorvendo um o acridoce sabor da boca do outro, conhecendo um o gosto do outro. Até o mesclar de sonho e realidade; meu peito de menina de encontro ao do dele, moço mais taludo, os pelos eriçados fazendo cócegas na minha barriga, o pau duro, feito de carne e nervos, vencendo a timidez de menina que ainda se intimidava ao ver-se nua no espelho do teto.

Depois a dança sem música dos corpos, côncavo e convexo enredando-se num despropósito de ternuras e desejos guardados que pareciam nunca findar e, ao mesmo tempo, uma sonolência depois, como aquele torpor que sentia após as chuvas. O meu corpo exaurido e o dele estendido sobre a noite: carícia de abismos.

Depois o chegar mansinho em casa, o pai ainda não viera do trabalho, a mãe vendo a novela como de hábito, os tios olhando repreendedores, os irmãos rindo do cabelo desgrenhado, do vestido amarfanhado. Depois descobriria um fio do cabelo dele entre os meus – recordação que uma vez deixei esquecida nalgum romance barato de amor, que contava uma história que a mim pareceu similar à da minha vida naquele tempo. Ah, também não me disseram, decerto, que meninas amam livres com o sabor de descobertas no corpo e assim querem que o mundo todo saiba de seu amar infindo, hem?

*****

Depois... Putz! No depois foi que a porca torceu o rabo, a história degringolou, a vaca foi para o brejo, enfim que doeu a dor mais funda, a que jamais concebera que pudesse me tomar a existência.

Primeiro foram rareando os passeares depois das aulas, os risos já não eram mais soltos, nenhuma estrela parecia ser suficiente para devolver ao meu corpo o brilho de vida que ele havia tomado de mim, possessão concedida, eu bem sabia. Alguma vez amara mesmo aquele moço, devia naquele tempo ter me perguntado, não? Qual! Meninas não se perguntam nada sobre a vida, devia saber; vivem-na e pronto isso já é muito para os ombros delas.

Então, depois, tudo foi escurecendo como uma noite a que ninguém anunciasse, ou como quando vem tempestade. Raros encontros, raros beijos, miúdas intimidades. Hoje, essa mulher de agora talvez pudesse cantar para ele naqueles dias uma canção de João Bosco que só muito depois é que me trouxe a primeira memória da dor quando ouvi:

Nós dissemos que o começo
é sempre, sempre, inesquecível
No entanto, meu amor
que coisa incrível
Esqueci nosso começo inesquecível...

Era ele pra lá, eu em casa. Já andava pelo mundo com um rosto que nem mais parecia o meu. Amofinava com meu drama, que soube depois ser tão pequenino, antigo como o Amor e o Tempo. Esquecia-me de olhar ao redor as desgraças de todo dia: passava pelo homem-tronco com a impassibilidade de uma turista que tem olhos e não vê.

*****

Não recordo mesmo se *the terrible day*, foi num sábado ou num domingo ou ainda num dia qualquer pouco isso importa. Caminhava com meu pequeno drama a tiracolo, as minhas tristezas eram contabilizadas em letra miúda num diário, que só muitos anos depois fui procurar para rever a menina que fui e dar boas gargalhadas, um riso solto, como somente quem viveu aquilo tudo escrito pode rir dos próprios dramas vencidos.

Ele estava ali, bem ao alcance de tuas mãos e, no entanto, parecia muito mais distante. Havia ademais um silêncio entre mim e ele que doía mais que qualquer palavra dita, e, mesmo, não havia palavras para amenizar a dor.

Ele disse duas ou três coisas, não foi? Vem à memória outra canção: "Sons, palavras, não navalhas..." (Belchior). Depois ele foi indo, sombra a se afastar na praça enorme. Eu ainda fiquei silente no banco da praça por quanto tempo? Murmurava para ti mesma que nunca mais iria amar alguém daquele jeito, todo entrega e paixão, arquitetava suicídios logo postos de lado (pobre criança tola que eu era), ameaçava baixinho entrar para sempre num convento (logo eu que detestava ir às novenas, quermesses...) ou alistar-me na Cruz Vermelha.

Mas, depois, veio um chorinho miúdo que lavou o meu rosto e o meu mundo derruído, e a dor foi como que aplacada, ou pelo menos minimizada, e fui aprendendo que crescer tem também sua cota de dor.

E daí me senti mulher, gigante, dona de mim, sem medos. Sem medos! Era como se um novo mênstruo naquela dor que tivesse vindo de dentro de mim para glorificar a vida, que me houvesse revigorado o corpo.

Assim fui caminhando, rindo, bela como uma colegial que acabasse de fugir das aulas, as meias soquetes brancas abaixadas, o corpo acariciado pelo vento, feliz a cantarolar, ainda que carregasse comigo uma memória de amor e dor. *Ô mãe, me explica, me ensina, me diz o que é feminina? / Não é no cabelo, no dengo ou no olhar, é ser menina por todo lugar.*

*****

Fico assim, quietinha aqui no meu casulo-sofá. As memórias deixam incômodos na pele, por dentro da gente, reacendem velhas pendengas, assustam de novo, mas, em geral nos fazem rir. Uma vez encontrei alguns poemas que eu escrevera, não sei se nessa fase da lembrança contada, dessa história de amor e dor, ou se eram de outra menina que eu fui. Lia e não conseguia parar de rir. Eram muito ruins e muito bobos. Mas, depois, chorei. Uma coisa levou até a outra. Como duas estradas caminhando paralelas, mas que no fim dos caminhos, em uma bifurcação, se encontram.

De uma coisa eu tenho absoluta certeza: a gente cresce com a dor. Minha mãe dizia assim: "Não quer aprender por amor, que seja pela dor". Verdade. As meninas que eu fui, nessa longa trajetória de meio século se encontram nessa caminhada.

Lá para trás está a menininha magricela, cabeça baixa, cadernos apertados de encontro ao peito raquítico, quase sem seios, apesar dos treze aos de idade, as pernas também finas, indo por uma avenida quase sem fim no rumo da escola. Ah! Já houve muitas estradas na minha vida e nas minhas querenças, nos meus quereres. Fui deixando gente pelo caminho, como aqueles velhos caminhões paus de arara, que iam conduzindo o poviléu de cidade para cidade, de lugarejos ocultos no meio da mata para outros mais distantes ainda. Meu coração era um pau de arara.

Houve um tempo em que entendi de apagar todas essas coisas da minha vida: lembranças, fotos, anotações, poemas, cartas, folhetos, tudo. Mas, então, veio o redemoinho da vida, com trabalhos, aulas, casa, essas coisas. E o que parecia prioridade, que era o arruinar dos repositórios de tantas lembranças, foi ficando para escanteio, até que esqueci. Agora, nesse ramerrão que se tornou a vida de quase todos nós durante a pandemia, as memórias voltaram.

*****

Difícil eu falar em memória, sem que não me acuda à mente um poema da minha poeta preferida, junto com Adélia Prado, que é Cora Coralina. Não sei bem o que é, não acho o que justifique essa empatia com ela. Talvez a figura materna, uma espécie de avozinha que muitas de nós, meninas, tivemos como anjos rústicos e protetores. Rústicos porque nos diziam na cara o que deveríamos e o que não deveríamos fazer. Uma espécie de educação pela pedra, bem à moda dos interioranos, do homem e da mulher do sertão. Vendo Cora eu via minha avó, miudinha, encurvada, enxadeco na mão indo abrir covas para plantar mandioca.

Depois lembro dela, nitidamente, me levando pela mão para irmos tomar banho no rio, onde ela nunca se despia e tomava banho de combinação... Depois já vem a lembrança dela lidando com os tachos no fogão a lenha, ou pilando gergelim no terreiro da casa modesta de pau a pique.

Por isso era eu ver Cora Coralina e ver minha avó. A imagem de uma superposta à da outra. Estrelas de similar grandeza no céu de minhas iluminações, cada uma com sua importância. Minha avó foi o meu Norte até que se fosse, e isso já faz tanto tempo. É uma das coisas engraçadas — se é que se pode dizer dessa maneira — da vida isso de lidarmos com as perdas. Antigamente as pessoas se vestiam de preto mesmo por um determinado tempo e se fechavam para vida, que não deixava de parar lá fora, não deixava de movimentar suas engrenagens cotidianamente, e a pessoas lá de “luto fechado”. Algumas sumiam do mapa por certo tempo, como se ficassem carpindo em casa as dores, os arrependimentos do que havia (ou do que não havia) feito para quem havia partido. Uma espécie de expiação para que purgassem pecados, mesmo que esses não fossem explícitos, ou apenas insinuados. Dores de consciência, talvez.

De minha avó até hoje sinto falta. Posso fechar os olhos agora mesmo que a vejo andando com seu passo miúdo, a bata florida, o andar lento, o olhar circunvagando as gentes e as coisas. Ela dizia sempre para mim — a instigar-me para a busca de um casamento, eterna preocupação dela com essa neta arredia: "Procura uma árvore que te dê sombra".

De Cora Coralina há algumas frases que guardo: "O saber a gente aprende com os mestres e os livros. A sabedoria se aprende é com a vida e com os humildes." Não é coisa de avó, de gente curtida pelos sóis de uma existência longa e sofrida, e que só quer que os seus — filhos, netos, sobrinhos, o escambau — acabem aprendendo as lições mais pelo amor que pela dor.

Outra frase de Cora: "O que vale na vida não é o ponto de partida e sim a caminhada. Caminhando e semeando, no fim terás o que colher." Ah! Vó Maria que vejo todinha nesses retalhos de sabedoria de uma outra mulher, que viveu uma outra vida, em outro tempo, num sertão distante do nosso num rincão perdido da Amazônia. Minha avó costurava muitas coisas: redes que remendava para quase uma dezena de netos, roupas também, e de noite cosia palavras que ia juntando e construindo histórias que nos entretinham, faziam passar a noite num átimo, acalmar os coraçõezinhos exaltados, fazer vir o sono.

*****

Por isso gosto tanto de Cora, por isso minha avó foi meu primeiro livro, uma obra feita de sinuosidades nas páginas, de resmungos quando não era ouvida, de xingamentos e muito, muito carinho. Naquele tempo se amava como se fosse proibido dizer "te amo", como se um afago não fosse permitido.

Era preciso viver e vencer a dureza da vida, que fazia com que ela nos acordasse alguns dias às cinco da manhã para ir ajudá-la na roça que mantinha para a sobrevivência da família.

Ou quando nos levava, aquele ror de meninas e meninos, para uma consulta médica, nas raras vezes em quem aparecia algum médico pelo sertão. Quando o indagador perguntava, meio cismado com aquela velhinha cheia de crianças ao redor dela:

— São todos seus netos e netas, minha senhora?

E ela, cismada, altiva, com a voz firme:

— E o senhor acha que eu ia andar com filhos alheios para modo o quê?

A gente ria muito com ela. Mesmo na rudeza das palavras havia a flor do carinho. Por isso sempre que leio ou vejo algo sobre Cora Coralina vejo logo ao lado a imagem da minha avó.

Vó Maria mal sabia rabiscar o próprio nome, mas com esforço dela chegou a ler, bem devagar, mas lia. Gostava muito dos Provérbio na leitura da Bíblia. Vivia repetindo alguns, conforme a ocasião. Quando leio esse poema aqui, de Cora, gosto de pensar que é Vó Maria que o está dizendo para aquele vozerio de netos, que ficavam quietos quando ela com um fio de voz rouca, começava a contar... *Não te deixes destruir.../ Ajuntando novas pedras/ e construindo novos poemas.*

CAPÍTULO II: A IRMÃ DO SONHO

Eu sou a que no mundo anda perdida,
Eu sou a que na vida não tem norte,
Sou a irmã do Sonho, e desta sorte
Sou a crucificada ... a dolorida ...
Florbela Espanca

De novo diante do espelho. Diria uma amiga minha: fazendo algumas reflexões... Se eu fosse homem — Senhor, perdoa a minha má palavra — aqui se veria um pau murcho, uns pentelhos agrisalhados ao redor deste que já teria sido motivo de orgulho do hipotético dono do falo. Como sou mulher contemplo a minha própria carne flácida, face dos meus cinquenta anos estilhaçados, aqui a vagina aberta em desbeiçamentos, a pentelheira antes fulva, agora prateada, como se antes houvera fogo e agora se pintalgasse de cinzas.

Gosto de contemplar o corpo, esse meu corpo que atravessou comigo, em suas mais diversas versões, tantas viagens, cizânias, lutas, lutos, fez e desfez amores, uniu e desuniu com outros e outras, e cá está diante do espelho, mesmo que alquebrado — toda travessia tem seu preço, baby — a resistir às intempéries. Bravo!

Disse ainda a pouco: se eu fosse homem... Pois tenho uma historieta sobre isso, esse confuso chegar à meia-idade. Aliás, que porra é esse troço de meia-idade? Quando será que chegamos à "idade inteira"? Socorro-me de um desses dicionários on-line: "meia-idade, *substantivo feminino.* 1. época da vida entre a maturidade e a velhice, aproximadamente entre os 40 e os 55 anos."

Viram só? Puta que os pariu! "Substantivo feminino". Vá lá que seja. Mas, enfim, a história de que falei acima. Não sei se já falei — me corrijam, sou uma besta para repetir as coisas — que sou professora, já? Não? Menina! Jurava que já tinha contado. Não que seja dessas de me apresentar e logo ir dizendo meu currículo Lattes, nunca. Mas, sim, sou professora desde os 21 anos de idade. Comecei cedo. Lá com os pirralhinhos, os menores. Depois cursei Letras em universidade pública, enfim. Sou professora de Língua Portuguesa, Literatura, Redação e Espanhol. Uma amiga minha dizia assim: "Mana, benza Deus! Tu cercaste por todos os lados, hem? Que coisa!". É mais ou menos isso. Como sempre soube que professor no Brasil é tão respeitado quanto um cachorro morto, vai que até perdendo para escritores, que são ainda menos respeitados, ainda, preferi marcar um triplo.

Bom, nesse meu estilo morde e assopra, beija e morde, acabei não entrando na história do meu conhecido. Era um professor de uma escola em que dei aulas de Espanhol. Acabara de entrar na meia-idade na época. E ele estava encucado com a chegada dos cinquenta anos, quase sempre sinônimo da derrocada, do chamado crepúsculo do macho.

Como tínhamos uma certa aproximação, na época, num dos intervalos na escola, ele me procurou, meio cabisbaixo, mudo, celular na mão.

Olha, vou contar para vocês meninas, e sei que irão me entender: o professor em questão, esse meu colega que introduzi na nossa conversa, não era de se jogar fora. Um tipo assim intelectual, estatura mediana, nem gordo e nem magro, óculos de aro redondo, sempre cheiroso, uma voz agradabilíssima — havia uma outra professora que o chamava de "voz de travesseiro", porque, segundo ela, assim que ele falava, dava logo vontade nela de ir pra cama, com ele, claro — e um papo muito acima da média do restante, que ficava avaliando as bundas das outras colegas, falando das putas que tinham comido, do futebol.

Então, ele se aproximou de mim.

— Posso falar um minuto contigo? — ele disse quase sussurrando, os olhos baixos — e foi aí que eu puder ver a lindeza que eram os olhos dele por trás das lentes, de um azul gélido, quase cinza.

— Claro!

— Leia isso aqui...

Estendeu-me o celular. Fui ver o que era.

"A andropausa é a fase da vida masculina em que ocorre uma redução do hormônio testosterona na corrente sanguínea. Esta situação não leva à falência da condição reprodutora masculina, como ocorre nas mulheres. Entretanto, ela é acompanhada de diferentes outros sintomas que podem afetar a qualidade de vida dos homens. Essa condição costuma se manifestar a partir dos 40 ou 50 anos, quando normalmente já se deve ter mais cuidado com a saúde. Na faixa dos 70 anos de idade, grande parte dos homens produz 30% menos testosterona, e essa percentagem pode ser progressiva com o passar dos anos."

Olhei para a referência do site:
https://www.drogarialiviero.com.br/blog/andropausa/.

Olhei para a tela do celular de novo. Olhei para ele. Só então falei.

— Isso não quer dizer nada.

— Testosterona... — ele gemeu.

Confesso que me acudiram duas coisas na hora: uma vontade louca de rir escancaradamente do macho tão depressivo porque o pau dele estava murchando e ele não ia mais poder foder a mulherada; a outra foi um sentimento quase maternal — vejam como somos idiotas mulheres, ou será que somos mesmo é magnânimas? — de acalentar aquele menino grande e trazê-lo ao meu colo, ninar, essas coisas bem babacas. Graças aos céus venceu a segunda alternativa, mas fiquei somente no dito apoio sentimental.

— Veja bem...

— Testosterona, entende? — ele gemeu pela segunda vez. Quase dou uma pancada nele nessa hora.

— Isso te preocupa? Calma! Leia aqui: "Esta situação não leva à falência da condição reprodutora masculina, como ocorre nas mulheres." Sacou? A maldição ficou para nós, não bastasse esse jorro de sangue todos os meses.

Ele riu. Daí falou comigo de novo, que ainda estava com o celular dele.

— Leria o resto da matéria desse site...

Fui ler.

"As causas da andropausa residem, essencialmente, na diminuição da disponibilidade do hormônio testosterona em circulação no organismo. Esse hormônio é produzido, principalmente, nos testículos, e um pouco nas glândulas suprarrenais. Na verdade, é a testosterona a grande responsável pelos aspectos que caracterizam a masculinidade e diferenciam o homem da mulher, como os pelos do corpo, a voz, a musculatura e a fertilidade (esperma), dentre outros. Apesar disso, apenas cerca de um terço da população masculina passa por esse processo de redução significativa dos níveis de testosterona que caracteriza a andropausa."

Cocei o queixo e pus os olhos nele.

— É... Não deve ser fácil mesmo. Numa sociedade falocêntrica como a nossa, perder o poder da pica...

Ele me olhou assustado.

— Desculpe. Mas o que posso dizer? Vá a um médico.

E ele, bem baixinho:

— Já fui...

Fui me aproximando até sentir o hálito mentolado dele, ver os lábios finos e o espanto sério nos olhos azuis, os quais, confesso, eram sedutores.

— E o que ele te disse?

Ele fez um gesto com a mão para que eu me aproximasse mais.

— Ele falou essa questão dos hormônios. Da testosterona, principalmente. Sabe o que ele me disse mais?

Balancei a cabeça em negativa.

— Que era bom eu ver logo o que estava ocorrendo, para não deixar o hormônio feminino predominar no meu corpo...

Não ia rir, palavra. Sou uma pessoa do bem. Mas aí vinha passando um espírito galhofeiro bem na hora e deve ter se apoderado de mim.

— Liga não. Tesão não acaba. Só muda de endereço – e passei a mão na bunda dele e fui embora.

*****

Estava falando do corpo humano, de paus e vaginas, de homens e mulheres e, de repente, sei lá eu por quê, me veio à lembrança a época do ginásio. Sim, antes que me chamem de jurássica, atesto: sim, eu fui uma ginasiana. E naquele tempo, oculto nas dobras de algum livro didático, nós, meninas, líamos um poema "proibido" do Príncipe dos Poetas do Brasil, Olavo Bilac. Sintam o drama:

Nua, de pé, solto o cabelo às costas, / Sorri. Na alcova perfumada e quente, / Pela janela, como um rio enorme / De áureas ondas tranquilas e impalpáveis, / Profusamente a luz do meio-dia / Entra e se espalha palpitante e viva. / Entra, parte-se em feixes rutilantes, / Aviva as cores das tapeçarias, / Doura os espelhos e os cristais inflama. / Depois, tremendo, como a arfar, desliza / Pelo chão, desenrola-se, e, mais leve, / Como uma vaga preguiçosa e lenta, / Vem lhe beijar a pequenina ponta / Do pequenino pé macio e branco.

Sentiram na pele? "Na alcova perfumada e quente"; "Doura os espelhos e os cristais inflama"; "Vem lhe beijar a pequenina ponta / Do pequenino pé macio e branco". Mas, como éramos jovens, reprimidas e doidivanas, adorávamos essa linguagem rococó.

Ah! Meu poeta das insanas tardes quentes em que líamos esses versos entre risos no quarto de uma das meninas, à guisa de nos reunirmos para fazer algum trabalho de Desenho, Matemática, História, Língua Portuguesa ou Inglês. Belas tardes, belos dias.

*****

Acaba que voltei ao tema sexista ou sexual do início. Dei voltas, voluteio, volteamentos, mas aqui estou, carne latejando, desejo que assoma, minhas mãos que vão tocando o corpo, os seios, alongando-se como hastes pelo corpo, que estremece como se fosse tocado por estalactites pontiagudas.

Daí vem a memória, de novo, esse incômodo e árduo reviver do que já foi, do que se tornou ontem...

Doze, treze anos, que importa?

Havia o quintal enorme, sombras brincavam pela terra, parecia ser sempre domingo naquele tempo.

Lembro bem, ah! Como me lembro, minha prima Glorinha inventava jogos nada infantis:

— Caí no povo!

— Poço!

— Tô me afogando...

— ... gando!

— E por onde tá a água?

— Pelo pescoço...

— E com que se salva?

— Com um beijo e um abraço do primo Alcides...

*****

A prenda, o beijo era sempre um roçar de lábios. Claro que isso era com as outras meninas, e todos os meninos sabiam disso. Uns queriam correr o risco; outros tremiam de medo, para que não acabassem caindo nos braços, digo, na boca de Glorinha.

Com Glorinha o buraco era mesmo bem mais embaixo. Despudorada era o nome do meio dela. Na hora do que seria um simplório beijo de brincadeira de rua, ela introduzia a língua na boca dos meninos. Beijos de língua, Glorinha? Arg.! Lá se ia o moleque cuspindo como se tivesse engolido abelha, rosto avermelhado, maldizendo as meninas todas do mundo que só pensavam naquele ofício sem graça que era namorar, beijar, empurrar a língua garganta abaixo. Esse nunca mais vinha ter em brincadeira capitaneada por Glorinha...

*****

Voa tempo, alça voo memória. Vai indo que vou atrás...

Um dia Glorinha indicou-me o local escondido, o velho e esmolambado colchão com as molas expostas.

Foram dias e dias para tentar convencer o primo Alcides. Haja demanda difícil. Remanchava, desdizia-se, ia e voltava atrás, passos de cágado, andar de caranguejo. Ou como muito bem se dizia na época: dança de rato, sapateado de catita.

Nunca soube qual foi a fórmula com que Glorinha conseguiu induzi-lo a ir ao meu encontro. Eu, nervosíssima, primeira vez, o primo mais velho. Quando vimos, estávamos os dois lá, matagal ao redor da gente, pressurosos. Eu diria até pesarosos, espantados mesmo de estarmos onde estávamos e irmos fazer o que sabíamos que iríamos fazer, ambos, pela primeira vez.

Glorinha espiava dentre as ramagens, a diaba! O primo imóvel, feito um dois de paus sem tirar e nem pôr. Eu alisando a bainha da saia, muxoxos na face. Não ficava bem uma menina de família, como eu, virgem e recatada, tomar a inciativa.

*****

A lembrança dá um salto. Acho que houve um interminável silêncio, quase igual a esses de velório, presumo eu, até ele decidir-se pelo primeiro beijo. Daí por diante foi um redemoinho de sensações: as roupas sendo atiradas de lado, as línguas dos dois indo e indo.

Veio depois do gozo mais silêncio do que no começo. Olhar de lado. Que é que ficou dele em mim hoje? Pouco mais que essa remota lembrança. Nada que atordoe, aperte o peito. Só a aventura de uma menina se descobrindo, um quase nada de paixão. Na volta para casa Glorinha me perguntou.

— Foi bom?

— Foi. – Eu disse com um gosto amargo na boca.

E aí fomos em silêncio pela vereda verde do quintal.

*****

Ontem rompi o silêncio da minha casa. Desde o começo da pandemia, em março de 2020, que não espanava os CDs, mudava alguns de prateleira de cima para colocar na de baixo e vice-versa; também organizava em ordem alfabética, que eu sempre sabia que ia tirar no futuro. Aí me reencontrei com as canções de Ângela Ro Ro: *Aí, a solidão vai acabar comigo / Aí, eu já nem sei o que faço e o que digo...* Caralho! Essa música fode com o meu emocional, mas *puta la mierda*, amo essa canção! Contraditório mesmo. E do jeito que a Ângela canta os versos viscerais da Dolores Duran, outra mulher foda da nossa Música Popular Brasileira, meu Deus eu já pensava: vou me entupir de vinho barato, acordar com uma ressaca fodida amanhã pois é... Que dia mesmo será amanhã? Enquanto eu buscava a data no celular, lá vinha a Ângela ronronando de novo: *Dói em mim saber que a solidão existe / E insiste no teu coração...* Quando vi estava cantando bem alto, descobri que o dia seguinte era sábado, mas constatei – Oh infelicidade geral da minha nação! – e daí gritei o mais alto que eu pude "caralho", que já não havia uma mísera garrafa de vinho que pudesse me acompanhar naquela *bad trip*.

Para! Para tudo. Sem vinho não ia dar para encarar a porra toda. Mas, eu teria que sair para ir até ao menos o próximo supermercado da vizinhança. Coisa de uns dois quarteirões. Trinta minutos, mais ou menos: quinze pra ida, quinze pra volta. Consultei o relógio: 21h34. Ainda era cedo. Afinal eu era uma mulher de cinquenta anos, livre, vacinada, solteira por livre e espontânea vontade, vivendo na maior cidade da América do Sul, ou uma ratazana? Se fosse a segunda opção, eu deveria voltar para o meu esgoto predileto, okay?

Cheia de cagaço, olha, resolvi encarar a missão. Dei pausa na Ângela, vesti as roupas, botei o casaco e fui para a rua.

*****

Havia uns seis meses que eu não dava as caras nas áreas do condomínio. Parecia um daqueles astronautas que chegara em missão em Marte e, literalmente, pisava em ovos ao explorar o território desconhecido. No meu caso, singularmente, o território era conhecido, eu que parecia uma estrangeira dentro do meu próprio "setor". Fui vencendo o pânico aos poucos. Primeiro foi o elevador (meu Deus, me ajuda, tomara que não tenha ninguém para dividir comigo o espaço, me ajuda...).

Dei sorte. Somente *euzinha* no elevador. Apertei as teclas com um coçador de costas que levei no bolso do casaco. Levava álcool gel no bolso direito do agasalho, outra máscara no bolso esquerdo, dentro de um saco de plástico. Passei pela churrascaria. Ninguém no caminho. Quase aplaudo a Humanidade. Avancei mais alguns metros. Um aviso na parede do outro bloco: amanhã, aqui, feirinha de orgânicos e outros produtos.

Finalmente cheguei na escada enorme que vai dar na portaria. Costumava chamar essa escadaria de Promessas da Penha. Uma vez até meu vizinho maconheiro riu dessa minha observação espirituosa; bom, ao menos eu acho isso.

Cheguei à portaria. Arfava por causa da escada – quem foi o corno que disse que para baixo todo santo ajuda? — e suava mesmo com os 21 graus que vi no celular. Na guarita estava o Raimundo, o clássico porteiro nordestino que era do Norte, um amazonense gente boa pra caralho.

— Dona Cora! Faz tempo que não via a senhora! Quase não lhe reconhecia com essa máscara. A senhora está bem? Tô lhe achando meio pálida. Sente aqui. Tome cá essa água, por favor.

Obedeci. Sentei-me. Tomei a água. Respirei fundo. Vinha entrando outro morador do condomínio.

— Boa noite, vizinha! Boa noite, Raimundo!

Era o vizinho maconheiro!

— Boa noite, seu Alberto! A Dona Cora não estava passando bem. O senhor não é médico?

Alberto riu. Gente, que sorriso lindo do homem. Nem parecia que era maconheiro.

— Olha, seu Raimundo, não sei se a Dona Cora vai aceitar se consultar comigo: sou médico veterinário...

Rimos nós três.

— Mas olhe! É mesmo? Quer dizer... O senhor me desculpe...

— Sem problemas, Raimundo. Mas acho que a senhora já está melhor, não?

Acenei com a cabeça que sim, ainda fascinada com os dentes perfeitos dele, com a simpatia, com o humor. Eu estava chapada pelo Dr. Alberto, meu ex-vizinho maconheiro.

— Cora, parece que você vai ou ia a algum lugar?

Fiquei olhando, abismada, para ele. Como não havia percebido que ele tinha uma voz tão...

— Cora! Você está bem? Ficou olhando vidrada para mim...

— Eu?

— Sim! Você, Cora...

— Não... Quer dizer, desculpe...

— Precisa de ajuda? Vai a algum lugar? Quer que eu a acompanhe?

— Não! Quer dizer: até gostaria, mas não precisa se incomodar.

Raimundo interrompeu aquele estranho diálogo.

— Doutor Alberto, a Dona Regina disse que a reunião com o senhor vai ser amanhã às 9 horas. Ah! E amanhã tem a nossa feirinha, viu? Vou trazer umas coisas do Norte...

— Ótimo! Virei à feirinha sim.

Virou-se para mim.

— Cora! Você estará aqui amanhã, digo na feira do condomínio?

— Ah! Sim, acho que sim. Bom, estou melhor, acho que foi o esforço das escadarias. Não andava tanto assim desde o dia 16 de março!

Os dois riram de mim. Alberto comentou.

— Estou caminhando três vezes na semana. Fizemos um quadro de horários. Criamos umas doze "bolhas" por prédios. Você estaria na minha "bolha".

— Ah, é? Que ótimo! Fico feliz de saber, Alberto...

— Já ficamos íntimos, então? Boa noite, Cora! Boa noite, Raimundo!

Ele seguiu sua trilha, e eu saí em busca do vinho.

Caminhei de forma vagarosa. Parecia que os membros haviam estado num torpor, numa letargia. Como se eu estivesse imobilizada por todos aqueles seis meses já transcorridos. Meio ano já tinha ido. Como o tempo parecia acelerar alguns momentos, depois desacelerava. Como um caminhão que fosse trafegando por uma estrada cheia de altos e baixos. Subia, descia. Brecava, acelerava.

*****

Meu bairro é o Butantã, em São Paulo. Gosto daqui porque, de alguma forma, as coisas, as pessoas, as habitações, tem alguma coisa de interior. Alguma coisa de rés do chão, cheiro de terra molhada, Vó Maria. Depois eu conto como vim parar aqui.

Na esquina da primeira quadra vencida, uma confusão na parada de ônibus. Ia passar sem dar trela para o incidente, mas havia um sujeito magro, baixinho, que gritava. Outros passageiros de dentro reclamavam. Um gritou pela janela:

— Não fode! Sem máscara não vai entrar!

O baixinho:

— Vá tomar no seu cu! Tenho meus direitos! Posso entrar como eu quiser, até nu nessa carroça!

Era isso o incidente: o baixinho, sem máscara, item obrigatório para circular na cidade, previsto em decretos, se negava a usá-la. Os outros passageiros, o motorista e o trocador se recusavam a deixar que ele entrasse. Resolvi usar de um velho truque. Cheguei até ele.

— O senhor vai apanhar essa condução?

— Até que eu quero, tia...

— Não sou sua parente, nem irmã da sua mãe.

— Calma aí, coroa, vamos devagar...

— O senhor está me impedindo de subir no ônibus!

— Relaxa aí, sem crise...

— Então saia da porta do veículo!

O baixinho pareceu que ia me encarar, mas refutou. Olhei para ele. Estava derrotado. Virou as costas e foi caminhando. O motorista me dirigiu a palavra:

— A senhora vai subir?

— Eu só vou até daqui a duas quadras, obrigado.

— Suba! Está frio. Carona por minha conta.

Subi. Assim que pisei no assoalho do ônibus, ouvi os aplausos dos passageiros e passageiras. Um deles gritou:

— É assim que tem que lidar com esses fascistas!

Alguns vaiaram o homem, outros aplaudiram. A cara do Brasil dividido.

*****

Desci na porta do supermercado. Comprei na boa minhas cinco garrafas de vinho tinto, queijo, pão e camisinhas (quem sabe?). Ia voltar caminhando, mas resolvi chamar um Uber. Foi melhor.

De volta ao lar, doce lar, fui fazer o que tenho chamado de "descoronamento" dos itens comprados. Pus um vinho na taça, Ro Ro no toca-CDs e deixei que a noite invadisse minha alma na maior e melhor cidade da América do Sul, com o frio de quase doze graus tocando a superfície do meu corpo, mas por dentro o vinho me aquecendo como nunca. *Por que queimar minha fogueira? / E destruir a companheira / Por que sangrar o meu amor assim?*

CAPÍTULO III: AS COISAS TANGÍVEIS

As coisas tangíveis
tornam-se insensíveis
à palma da mão

Mas as coisas findas
muito mais que lindas,
essas ficarão.
Carlos Drummond de Andrade

No sábado, despertei com a calidez do sol vestindo todo meu corpo nu, como se fosse uma camisola diáfana. Quase sempre, esse é um "fenômeno" que ocorre comigo: durmo vestida, mas acordo sem nenhuma veste. Ocorre que, no decorrer do sono, da minha dormida, viro e reviro-me, como se fosse um bife a ser feito na frigideira, ora tosta-se de um lado, ora frita-se de outro, até o ponto final. Daí, pouco a pouco vou me despindo, nesse vira e mexe, retorce e volta a mexer. No final do sono estremunhado, estou, literalmente, nua.

Li em algum lugar sobre essa síndrome do sono. Sim, porque para quem dorme "como um anjo" — oh! Doce mentira que a nós mesmo contamos! — tais coisas vão sempre parecer bobagens, frescuras, coisas de quem não tem o que fazer e que problematiza quase tudo — de um corte na unha do dedão do pé direito ao cisto no rim. Ah! Mas tais distúrbios existem e incomodam, ah! Podem ter certeza de que incomodam.

São estudados ao menos seis desses distúrbios do sono: insônia, apneia do sono, sonolência excessiva, síndrome das pernas inquietas, sonambulismo, bruxismo, narcolepsia, paralisia do sono. A insônia é o mais comum desses males, sim, porque ela se traduz num mal terrível para todo o corpo e é caracterizada "pela dificuldade em iniciar ou manter o sono, despertares durante a noite ou despertar cedo". A insônia pode surgir de forma isolada ou como consequência de alguma doença, como depressão, alterações hormonais ou doenças neurológicas. Também pode ser provocada por uso excessivo de determinadas substâncias ou remédios como álcool, cafeína, tabaco ou alguns antidepressivos.

Já o sonambulismo foi explorado até a náusea pela ficção, especialmente em filmes de terror ou policiais. É clássica, nesses casos, a cena de um homem de pijamas, com os braços estendidos para a frente, andando pela casa como um zumbi e até cometendo crimes. Ou a mulher gostosa que, sonâmbula, anda em trajes ínfimos pela casa e chega a fazer amor com um parceiro que não é o seu oficial. Pois é... O sonambulismo faz parte da classe de distúrbios que provocam comportamentos inadequados durante o sono, chamadas de parassonias. Dizem, afirmativamente, os especialistas da área que, nesses casos, "há uma alteração do padrão do sono devido à ativação de áreas do cérebro em momentos inapropriados". Ocorre com mais frequência em crianças, apesar de poder ocorrer em qualquer idade. A pessoa com sonambulismo manifesta atividades motoras complexas, como caminhar ou conversar, dessa forma, podendo em seguida despertar ou voltar a dormir normalmente. Geralmente, há pouca ou nenhuma recordação do ocorrido.

Não, eu não estou inserida em nenhuma dessas categorias. Talvez me enquadrasse na das pernas inquietas, já que essa "é uma desordem neurológica que causa sensação de desconforto nas pernas". Hum... Não. Vejamos o que mais: "Geralmente, é associada à necessidade incontrolável de movimentar as pernas, e costuma surgir durante o repouso ou na hora de dormir." Olha, confesso que ainda não estou contente com essas explicações: "Tem provável causa genética. Pode ser agravada em períodos de estresse, pelo uso de substâncias estimulantes, como cafeína ou álcool, ou em caso de doenças neurológicas e psiquiátricas." Não definitivamente essa não sou eu.

Minha síndrome talvez tenha a ver com tudo isso e mais alguma coisa, ora vejam vocês. Misturando as estações, trocando as pernas, indo e vindo, sei é que acordo com os travesseiros debaixo da cama, os lençóis para o lado oposto, e camisola no pé da cama. Eu? Nua em pelo.

*****

Pois bem: Tenho certos hábitos que se incrustaram no meu cotidiano, a princípio com aquele pensamento calhorda do "vamos ver se vai dar certo", e que depois foram ficando... E hoje são uma segunda epiderme no dia a dia.

São aquelas coisas que, quando a gente se dá conta, já faz de forma automática, sem contestar de forma alguma, pois estão incorporadas à nossa habitualidade. Talvez se alguém de fora da nossa vida, que em alguma ocasião estivesse nos acompanhando, visse esses nossos hábitos, até os achasse estranhos, esquisitos, fora do padrão, enfim. Poderia ser até que tal pessoa, curiosa, nos indagasse acerca dos porquês, motivos, causas etc. e tal. Sei lá qual é a explicação. Faço porque faço e pronto.

*****

Quase sempre é assim, fase, por fase, faça sol ou faça chuva, frio ou calor, pouco se me importa. Hábito é hábito, esteja eu em minha casa ou em viagem, na casa de amigos ou parentes, em hotéis, pensões ou bibocas. Até concordo que se pode discutir que o hábito não faça o monge, conforme diz certa presunçosa sabedoria popular, mas ele o veste, isso é fato. E vestir e despir são atos, gestos que desnudam a nossa crua e caricata humanidade, nossa vil civilização, um conjugar de verbos que se entrelaça a outros como amar, trepar, desandar, deitar-se, essas palavras que nos mostram cada vez mais frágeis, nus diante do abismo e dos espelhos que nos contemplam.

Então, faço assim: primeiro um banho aí por volta das 21 horas; depois, uma longa sessão de cremes no corpo (adoro isso!), em que o toque das mãos na pele vai desencadeando um frisson, os dedos deslizando pelo pescoço, colo, seios, pernas, braços; em seguida, uma água de colônia dessas que as mamães usam nos seus bebês; então, visto uma camisola bem leve ou uma camisa masculina bem velha (como assim? Depois eu explico...), sem nada (mesmo!) por baixo; opcional, pode haver um copo de vinho, tinto ou seco, quando achar que a ocasião merece esse conforto para o paladar; e sempre – sempre mesmo! — um livro e uma boa música de fundo.

*****

Geralmente vou dormir umas três ou quatro horas depois de toda essa ritualística diária. É quando o sono chega para o meu corpo, ou — acho melhor dizer assim — quando minha alma se aquieta e permite que o corpo se recolha, se aconchegue em sua paz interior, e possa mergulhar em seus abismos e caia nos braços de Morfeu.

Essa inquietação do Ser da qual falo, em geral, vem de algum acontecimento do dia — no trabalho, em casa, na rua — ou é algo mesmo indefinível. Ah! Mas no sono a alma voa, levita, se desatrela dessas amarras do cotidiano, se deixa enveredar por precipícios aquosos, montanhas sem fim, cordilheiras de sonhos, arquipélagos de nuvens, planícies verdejantes, istmos, por rios sem margens explícitas bem parecidos com os da minha terra natal.

Acho que é nessa hora inexpugnável, nesse indecifrável momento, que mergulho no Nada, nas suas inquietações, no seu cerne. Pronto, cá estou a falar, de novo, dessa inquietante gênese do Nada.

*****

Na real, se pensarmos bem, sempre estaremos às voltas com essa temática, ao menos, quando estamos "sós" — pergunto para vocês, meninas: quando se dá isso? — ou quando falamos em "nós", justamente aqueles que, pretensamente racionais, pensamos, refletimos, avaliamos, conjecturamos, e não apenas ficamos contentes em ingerir, expelir, escarrar, beijar, cuspir e defecar.

Os que não se preocupam com esses temas — oh! Suprema Inocência! — talvez estes vivam até mais e melhor do que nós, do que a gente que problematiza quase tudo, que se debruça na leitura de "O Ser e o Nada", do Sartre, por exemplo:

"Toda consciência é consciência de alguma coisa. Esta definição pode ser entendida em dois sentidos bem diferentes: ou a consciência é constitutiva do ser de seu objeto, ou então a consciência, em sua natureza mais profunda, é relação a um ser transcendente. Mas a primeira acepção da fórmula se autodestrói: ser consciência de alguma coisa é estar diante de uma presença concreta e plena que não é a consciência. Sem dúvida, pode-se ter consciência de uma ausência. Mas esta ausência aparece necessariamente sobre um fundo de presença. (...) Dizer que a consciência é consciência de alguma coisa significa que não existe ser para a consciência fora dessa necessidade precisa de ser intuição reveladora de alguma coisa, quer dizer, um ser transcendente. Não apenas a subjetividade pura, se dada previamente, não lograria se transcender para colocar o objetivo, como também uma subjetividade 'pura' se esvaneceria. O que se pode chamar propriamente de subjetividade é a consciência (de) consciência."

*****

Sério: tem como não amar, ou não se apaixonar por Jean-Paul Sartre? Só me digam isso, e leiam mais esse trecho: "Partimos em busca do ser e parecia que tínhamos sido levados a seu núcleo pela série de nossas indagações. Eis que uma olhada na própria interrogação, quando supúnhamos alcançar nossa meta, nos revela de repente estarmos rodeados de nada. A possibilidade permanente do não-ser, fora de nós e em nós, condiciona nossas perguntas sobre o ser. E é ainda o não-ser que vai circunscrever a resposta: aquilo que o ser será vai se recortar necessariamente sobre o fundo daquilo que não é. Qualquer que seja a resposta, pode ser formulada assim: "O ser é isso, e, fora disso, nada".

Sinto que, com estas reflexões, com esses apontamentos da investigação sartriana sobre o Nada, posso ter instigado algumas pessoas a se fazerem aquelas indefectíveis interrogações: de onde vim? Para onde vou? O que fazer com essa vida que me concederam?

*****

Lido, quase sempre, com essas angústias, as vejo seja em adultos, com os quais lido vez em quando, e nos adolescentes, com os quais me deparo diuturnamente, nas escolas em que trabalho. São olhos que perscrutam, vozes tímidas que interrogam, almas que me pedem que eu estenda as mãos para elas, ou ainda as requeste, ou ainda mesmo as salve do limbo da indiferença.

Nem sempre estou a fim de alguma coisa. Nem sempre quero ser uma Cora Messias ou Irmã Dulce do Butantã, até mesmo porque não creio em salvadores da Pátria, em milagre de qualquer espécie, muito menos em reencarnações, em redenções de pecadores ou pecadoras pela palavra de algum deus mitológico, qualquer seja a mitologia, como por exemplo a cristã. Palavra: não creio em nada disso.

Vó Maria, sim. Era crédula, mulher de fé. Extremamente de fé. Para ela, as palavras exaradas na Bíblia eram sacrossantas, indiscutíveis, inalienáveis. Vó Maria rezava, religiosamente, todos os dias, me arrastava para a igreja, ainda que soubesse que aquela não era a minha vontade ("Criança não tem vontade; criança obedece; quando for adulta e puder mandar na sua vida, aí faça o que quiser!"). Lá fazia com que eu a imitasse, ajoelhando-me diante do Cristo dilacerado, aquele com as chagas horripilantes na carne exposta aos olhares de todos.

Vó Maria acreditava piamente na vida eterna, na sagração de homens em santos, mesmo depois de cometerem tantas atrocidades, pois que havia uma redenção no fazer o bem, especialmente se não olhássemos para quem estávamos fazendo. Eu não cria em nada disso. Metamorfoses espetaculares de assassinos e larápios em santos? Nunca. Quanto ao fazer o bem sem olhar a quem, eu via, na saída da igreja, aqueles de um pouco mais de posses dando uns míseros trocados aos pedintes e comentando, entredentes:

— Bem que podiam tomar um banho! Que fedentina! Da próxima vez vou dar um sabonete como esmola!

Mesmo com todos esses desacertos, eu rezava por horas com ela ao lado, contrita, eu a olhar para ela, querendo ter aquela mesma fé que a mim parecia inquebrantável. Quando, aos domingos, íamos às missas, ela com seu rosário, toda paramentada, eu via somente naquilo tudo apenas um bom teatro, uma pantomima; uma farsa bem encenada, magnificamente engendrada em toda sua extensão. Claro que nunca falei isso, esses juízos meus para Vó Maria, nunca falei dessas minhas, digamos, inquietações.

Até posso imaginar a cena: eu dizendo para Vó Maria que nada daquilo, daquelas mitologias toscas, monoteístas, a mim me pareciam ser a Verdade como ela defendia com unhas, dentes e palavras; que eu duvidava mesmo e muito da existência de Deus, do Cristo que ela e os outros glorificavam como o mártir da Bondade, Aquele Que Oferece A Outra Face Sempre, que o Cristianismo, que a Santa Madre Igreja era tudo uma boa duma farsa! A Farsa Eterna.

Ela, decerto, enquanto eu falava, não tiraria os olhos miudinhos de mim, os quais, à medida que eu ia falando, iam ficando mais miúdos ainda, até se tornarem quase traços no rosto dela. Então, ela só me olharia com aqueles ditos olhinhos negros, agora bem mais escuros e amiudados, miraria bem no fundo dos meus olhos, inflexivelmente e diria:

— Mas, sua cara de merda, veja como fala! Só não te dou um tapa para quebrar os teus dentes porque eu não tenho com que pagar para modo ajeitar eles! Tu tá doida é? Vai logo é tomar um banho bem gelado, botar uma camisola e te deitar, que o teu mal é sono! É só dormir que logo passa essa leseira...

*****

Resolvi cuidar de mim, encarar o mundo e seja o que Deus quiser (Vó Maria ia adorar eu dizendo isso...). Um bom banho, desses bem demorados, um ótimo café da manhã, quase de rainha e lá fui eu para a feirinha do condomínio.

Antes da pandemia, devo dizer, era uma coisa das mais raras os vizinhos me verem em feirinhas do gênero. Eu entrava e via os cartazes. Olhava. Checava dias e os horários. Ensaiava ir, mas me rendia a ficar na cama. Especialmente aos sábados.

Bom, mas nesse dia fui. Estava um daqueles sábados da Criação preconizados no poema de Vinícius de Moraes:

Hoje é sábado, amanhã é domingo
A vida vem em ondas, como o mar
Os bondes andam em cima dos trilhos
E Nosso Senhor Jesus Cristo morreu na Cruz para nos salvar.

Como o dia era sábado, roupa leve, máscara no rosto, álcool gel no bolso, lá fui eu.

*****

Logo no começo da feirinha encontrei o Raimundo, o porteiro, com seus produtos do Norte.

— Ei, Dona Cora! Que bom que a senhora veio mesmo! O sábado está lindo, né?

— Verdade, Raimundo. Com essa luminosidade toda, confesso que ficar em casa enfurnada, era o último dos meus planos.

— Aleluia! Benza Deus que tirou a senhora da cama!

E ele deu um sorriso franco para mim.

— Dona Cora! Essa é minha mulher Alaíde. Alaíde, essa é a Dona Cora, ela é professora e escritora.

Olhei para ele, assustada. De onde ele tirara tal ideia?

— Escritora eu, Raimundo? Como assim?

— Dona Cora, desculpe eu bisbilhotar; mas é que sempre via a senhora sentada no banco perto da churrasqueira ou naquele junto da quadra, sempre com um caderno de capa dura, fazendo anotações. Às vezes conferia a senhora encher umas dez páginas. Só podia ser histórias lá da nossa Amazônia, né não?

A mulher dele veio me cumprimentar e disse:

— Então, a senhora também é do Norte?

Olhei para ela. O sotaque não parecia ser de alguém originário do Pará.

— Sou. Nasci no interior do Pará. Nas brenhas mesmo. Lá onde o vento faz a curva. Mas estou há quase uma década em São Paulo.

Raimundo estava atendendo uma outra pessoa. Se aproximou da gente.

— Alaíde também é dos nossos lados, Dona Cora. Só que ela é do Acre.

— Mesmo? Ualá! Li um livro do Márcio Souza, um escritor do Amazonas, não sei se vocês conhecem, chamado "Galvez, o Imperador do Acre". O Márcio é autor do livro "Mad Maria" sobre a construção da estrada de ferro Madeira-Mamoré, que virou minissérie da Globo.

Ela ficou me olhando, espantada, como se estivesse vendo um ET.

— Vixe! Quando o Raimundo falou que a senhora era uma pessoa distinta e muito inteligente, olhe que eu fiquei duvidando! Mas, a senhora é tudo isso e muito mais!

— Que é isso, Alaíde... Menos, menos.

Raimundo estendeu a prova de um doce.

— É de cupuaçu. A senhora gosta?

— O quê? Raimundo! Eu babo por isso! Minha avó fazia esse doce...

— Então, prove. Se a senhora gostar, leve um pouco. Temos embalagens de pequeno, médio e grande porte. Foi a Alaíde que fez.

Ah! O sabor do cupuaçu foi a minha *madeleine* proustiana na ocasião. A mim fez com que voltasse uns quarenta anos no tempo, quando ajudava Vó Maria a fazer o doce, catando os caroços com aquela carne viscosa e suprassumo das delícias, depois que ela quebrava cada um dos frutos. Depois, com uma paciência de Jó, ela ia cortando fiapo por fiapo aquela polpa carnuda, colocando numa enorme bacia de alumínio. Depois era o tempo de ferver, preparar as compotas e, mais tarde, se deliciar com tal sabor selvagem.

— Eu tô olhando pra sua cara, Dona Cora, mas não sei se foi alguma lembrança da sua terra, de pessoa da sua família, mas eu quero crer que a senhora não gostou, não... — disse Raimundo, preocupado.

Olhei para ele e sorri.

— Que nada, Raimundo e Alaíde. Vocês fizeram foi me proporcionar uma das maiores alegrias e emoção dos últimos meses. Esse doce divino — parabéns, Alaíde! — teve o dom de me fazer realizar em segundos uma viagem no tempo e rever minha avó Maria...

— Jesus! Maria! José! Então o doce é até mágico, Alaíde! — brincou Raimundo.

Rimos os três. Vinha chegando alguém.

— Raimundo! Veja o pote maior! Dois! Vou pagar agora, mas você separa, por favor, que apanho quando voltar para casa.

Uma voz disse por trás de mim:

— A professora resolveu se unir aos mortais é?

Virei-me. Era Alberto.

— Hoje o negócio está ficando animado! Eita sabadão abençoado! Dona Cora chegou ainda a pouco e agora o senhor, Doutor Alberto.

— Quem é vivo sempre aparece, né Raimundo?

— Isso é fato! Prove logo aqui uma lasca de queijo do Marajó!

Alberto provou e fez cara de quem tinha aprovado.

— Vou levar. Mas só meio-quilo.

— Raimundo! Olha a discriminação, hem? Quero também um queijo do Marajó!

Alaíde veio, sorridente, perguntar.

— O senhor também é do Pará, lá da Amazônia?

— Não. Sou um pouco mais distante. Da Argélia.

— Vixe! Nem sei onde fica isso! — disse Alaíde, arrancando risos.

Alberto pagou o queijo, eu paguei minhas compras. Ele se dirigiu a mim.

— Vai subir para o Olimpo ou ainda fica por aqui?

Tive que rir da piada.

— Vou conceder aos reles mortais, por causa da pandemia, o usufruto da minha companhia por alguns minutos.

— Isso que é notícia boa! Vamos comemorar? Deixa que eu pago na barraca do pastel! Vamos lá?

*****

A barraca do pastel era a campeã de vendas pelo que deduzi. Um pastelão, com uma imensa gama de possibilidades de recheios e mais um caldo de cana. Mesas lotadas. Achamos uma disponível. Fizemos os pedidos. Enquanto aguardávamos chegou um casal. Viram Alberto e acenaram para ele. Aproximaram-se de onde estávamos.

— Salve! Alberto! Boa noite! Você deve ser a Cora... Alberto me falou muito bem de você... Essa é minha mulher, Latifa.

— Alberto falou bem de mim, foi? — disse olhando para ele.

— Veja bem! O que o Graça quer dizer...

— Graça?

— Graciliano. Filho de pai comunista. Meu outro irmão se chama Dalcídio. A irmã caçula é Olga.

— Dalcídio deve ser em homenagem ao Dalcídio Jurandir, um grande escritor lá da minha terrinha, o Pará. Foi um militante aguerrido do Partido Comunista Brasileiro, o *Pecebão*.

— Isso mesmo! Gente, tá tudo em casa...

Alberto se voltou para mim.

— E para completar nosso pacote-bolha literária temos a nossa Cora. Deixa-me adivinhar: em homenagem à Cora Coralina?

Todos rimos.

— Não, não tem anda a ver. É uma longa história. Sou Cora porque as pessoas não conseguem dizer Coaracy. Tem sido assim desde criança.

— Agora a gente quer ouvir...

— Essa história minha avó, Vó Maria, ouviu da mãe dela, que ouviu de outra mãe, e assim por diante chegou até aqui e agora. Nosso povo tem a crença de que as almas dos nossos mortos se transformam em borboletas. Diz que é por isso que elas voam de flor em flor, alimentando-se e fortalecendo-se com o mais puro néctar, para suportarem a longa viagem até o céu... Coacyaba, uma bondosa índia, havia ficado viúva muito cedo. Desde sua viuvez, ela passou a viver com a finalidade de cuidar, criar e fazer sua filhinha Guanamby feliz. Diz que todos os dias ela saía com a pequena Guanamby, passeando pelas campinas de flores, entre pássaros e borboletas. Conta-se que essa era uma das maneiras que Coacyaba encontrava para amenizar a grande falta que sentia do esposo. Ainda assim, passado algum tempo, ela veio a falecer.

Fiz uma pausa para tomar um pouco de caldo de cana, mordiscar o pastel.

— Eis então que Guanamby ficou só. Seu único consolo era visitar o túmulo da mãe. Nas visitas, ela pedia que a mãe tivesse piedade e a levasse para o céu. Como todos sabem, saudade, tristeza e solidão também adoecem o corpo. Assim foi com Guanamby: foi esmirrando cada vez mais, até que morreu. Mas deixa que sua alma, como eu falei no começo, não se tornou borboleta, não: ela ficou aprisionada dentro de uma flor que se encontrava próxima da sepultura da mãe, daí ficando ao seu lado para sempre.

Ouviu-se um murmúrio entre os circundantes.

— Mas a história não finda assim, não senhor. Coacyaba, que tinha se tornado borboleta, voava entre as flores, colhendo seu néctar. Um dia, chegando perto da flor onde estava Guanamby, ouviu um choro triste. Ora, como todos sabem, mãe é mãe; pois ela logo reconheceu aquele choro tristonho. Mas, o que podia ela, frágil borboleta, fazer para tornar a filhinha liberta? Ora, nada. Ela pediu, então ao deus Tupã que fizesse dela um pássaro bem veloz, bastante ágil, a fim de que pudesse levar a filha para o céu. Tupã atendeu ao pedido, transformando-a num beija-flor, podendo assim realizar o seu desejo. E, desde esse dia, toda vez que morre uma criança índia órfã de mãe, sua alma permanece guardada dentro de uma flor, esperando que a mãe, em forma de beija-flor, venha buscá-la, para juntas voarem ao céu, onde estarão eternamente.

Todos ficaram se entreolhando. Tornei a falar.

— Minha avó se chamava Maria Guanamby. Era legítima neta de índios, de uma tribo que hoje, com essas políticas de extermínio do atual governo, deve estar extinta ou ter pouquíssimos descendentes. Ela me deu esse nome: Coaracy de Lourdes. Juntou numa espécie de sincretismo as raízes indígenas e lusas.

— É uma bela história, Cora. Agora, me diga uma coisa: o que vou fazer com esse livro?

E tirou do bolso do casaco um pequeno volume, guardado em uma sacolinha de cor vermelha. Era um exemplar de "Poemas dos becos de Goiás e histórias mais", de Cora Coralina. Os demais riram.

Olhei para Alberto e falei:

— Dizem que, se um livro de poemas é bom, você deve abri-lo em qualquer página, ler um poema e atestar tal coisa. Topa o desafio?

— Claro!

E Alberto leu "Ressalva": *Este livro foi escrito / por uma mulher / que no tarde da Vida / recria e poetiza sua própria / Vida. / Este livro / foi escrito por uma mulher / que fez a escalada da / Montanha da Vida / removendo pedras / e plantando flores. / Este livro: / Versos... Não / Poesia... Não. / um modo diferente de contar velhas estórias.* Aplaudimos Alberto. Disse, sorrindo, para ele:

— Agora eu aceito. É um presente, não?

— Sim! De uma Cora para outra Cora, de coração.

Foi uma gargalhada no grupo.

— Minha vez de perguntar.

— Manda!

— Te cuida, Alberto, lá vem bomba da paraense!

Mais risadas.

— E o teu Alberto tem alguma origem literária? De Alberto Caeiro, por exemplo.

Alberto sorriu. Fechou os olhos.

— Quando eu era menino, eu queria crer que meu pai me dera esse nome em homenagem ao poeta português, como falaste. Dele gosto desses versos:

O amor é uma companhia.
Já não sei andar só pelos caminhos,
Porque já não posso andar só.
Um pensamento visível faz-me andar mais depressa
E ver menos, e ao mesmo tempo gostar bem de ir vendo tudo.
Mesmo a ausência dela é uma coisa que está comigo.

— Gente o Alberto tá que é só romance hoje! – brincou Graciliano.

— Nada. São só uns versos que aprendi para um dia dizer a quem eu amasse. Você gostou, Cora?

— Sim! Muito. Então o Alberto é de...

— Albert Camus, argelino como meu pai, como eu, embora eu tenha vindo bem criança ainda para o Brasil. O autor de "A Peste", sabem?

Fez-se um silêncio. Latifa quebrou o gelo.

— Cora, amanhã bem cedo vamos dar uma caminhada pelo bairro. Exercitar-nos. Você faz parte da nossa "bolha". Vens?

Olhei para os três, ansiosos pela resposta.

— Claro! Vou sim. Que horas?

— Oito tá bom?

— Ótimo!

E nos levantamos.

CAPÍTULO IV: PORTAS FECHADAS

Coração é terra que ninguém vê
diz o ditado.
Cora Coralina
(*Coração é Terra que Ninguém Vê*)

Os dias têm sido feito nuvens esgarçadas, amorfas, zanzando num céu obscuro, repleto de interrogações. Tem sido desse jeito, desde março, o meu sentimento, ao menos. Um misto de perplexidade, cismas e aflição. Os dias têm sido assim.

Dá-me uma sensação, nesses dias, de outros tão distantes no tempo e tão perto da memória e do coração. Falo daqueles dias da infância remota, da adolescência, quando eu morava no interior, bem dentro das matas mesmo, à margem de uma rodovia, ao lado de um rio, sendo que a primeira era o nosso único vínculo, o laço que nos atava ao resto do mundo, ponto de fuga (às vezes, literalmente falando) para sairmos daquele lugar, do paraíso para alguns, mas que me apequenava, sufocava, asfixiava.

Eram dias igualmente amorfos, feito esses de agora que tenho vivido. Só que as nuvens eram muito mais azuis, o sol resplandecia no firmamento. Firmamento... Usei tal palavra que sempre achei ligada — sei lá por quais razões — à detestável escola arcaica do Parnasianismo — e agora mesmo descubro que também pode ter sido por causa de um poema chamado "Um beijo", do Olavo Bilac:

Foste o beijo melhor da minha vida,
ou talvez o pior...Glória e tormento,
contigo à luz subi do firmamento,
contigo fui pela infernal descida!

Puta que o pariu! Decorar toda essa quilométrica e xaroposa melopeia era um culhão de boi quadrado. Riam vocês agora, mas pensem nas aflições das menininhas que fomos, as da minha geração, se deparando com textos obrigatórios como esses para lermos todos os dias, caralho! Vai ver que é por isso que abomino essa palavra "firmamento", mesmo porque sempre achei graça na constituição dela: como poderia o céu ser firme, sendo que ele é formado por nuvens, e sendo que estas são diáfanas e se esgarçam? Grande firmeza!

*****

Aqueles dias do passado foram dias de contemplação. Dias em que o tempo era incontável, sem calendários, mesmo que a dita folhinha com a imagem perene de Nossa Senhora de Nazaré, ou ainda do Sagrado Coração de Jesus, pontificassem em cima da cristaleira, aquela mesma onde jaziam dispostas em filas simétricas, como se fossem soldadinhos de vidro que, obedientes aguardassem as ordens a serem dadas para que pudessem entrar em ação. Tal coisa, aliás, ocorria em ocasiões especiais, de festas, e era quando minha avó capitaneava um exército de tias, solteiras e solteironas, por algum tipo de comemoração: festas de santos, aniversários, casamentos, batizados.

Fora isso, a modorra, a pasmaceira, feito agora. Fora isso, era a longevidade dos dias sob um céu espraiado, infinito em seu azul que chegava a ferir os olhos, e uma vida sem carreira, sem atropelos, sem azáfama.

*****

Naqueles dias, quando o lugarejo ficava festivo, Vó Maria chamava Dona Bibi para alinhar algumas roupas novas — que ela denominava de "aparelhos completos" ou "fatiotas" (camisa e calças curtas para os meninos, vestidos para as meninas) — para toda sua netaiada. Dona Bibi era uma espécie de costureira da família. Eu gostava quando ela chegava, com uma maletinha em que estavam seus instrumentos de trabalho, e ficava a me medir de ponta a cabeça, lados, inclusive. Eu me sentia era muito importante!

Os "cortes" dos tecidos, das fazendas, eram comprados, geralmente, em cidades maiores, como Capanema ou Bragança. Quem fazia o tal "aviamento" — era assim que Vó Maria chamava essa compra — era algum tio nosso, sobrinhos de Vó Maria, quando algum deles se deslocava para um dos municípios mencionados.

Lembro de uma vez em que eu, ainda bem menina, não sei por qual razão, fui a uma dessas lojas com um tio... Ah! Agora lembrei: era período de campanha política, pré-eleitoral. Eu andava com uma certa "constipação" — fora esse o diagnóstico dado por Vó Maria — que nem uma montoeira de chás, nem de mezinhas outras davam jeito. Esse meu tio, que era cabo eleitoral de um dos candidatos, soube que haveria uma "campanha" para um grande atendimento médico em Bragança.

Lá fomos nós, balouçantes criaturas assentadas em cima de umas pranchas de madeira que atravessavam o caminhão coberto por uma lona fétida, ali feito bichos empoleirados, por longevas três horas de estradas poeirentas. Eram os paus de arara. Neles íamos mesmo mal-ajambrados como bichos e irmanados a outros que se tornavam iguais a gente: cachorros, gatos, papagaios, galinhas, os quais choramingavam, latiam, cacarejavam, cantavam e cagavam. Isso era a viagem toda. Na carroceria do veículo ainda cabiam cachos de pupunha, de bananas, paneiros com mangas, abacaxis que rolavam de um lado para o outro nas curvas, sacas de carvão vegetal, sacos de farinha, pilhas de redes, feixes de juta, o escambau.

Cheguei ao destino, Bragança, com enjoo e fome. Diferente de mim, meu tio conseguiu até tirar um cochilo e roncar, vê se pode uma coisa dessas... Saltamos daquele hediondo pau de arara — e eu já ansiosa, na verdade mais aflita, remia só em pensar como seria a volta naquele mesmo veículo, desacomodados, enfim, uma nova saga — na antiga estação de trens. Fomos de lá direto para o endereço no qual haveria o tal "mutirão de atendimento médico gratuito".

Eu, como sobrinha do cabo eleitoral do dito candidato, fui uma das privilegiadas e acabei por "furar" a fila, que era quilométrica e se havia formado no quintal enorme da ampla casa do político. Na área de espera se aglomerava um ror de meninos e meninas, uns menores, outros maiores, que se acercavam de país e mães como pintainhos que buscassem proteção.

*****

O médico fez a mim umas três ou quatro perguntas, das quais metade respondi com "hum-hum" e as outras com lacônicos "sim" e "não". Depois o tal douto cidadão, dublê de candidato e dono da casa — de quem mais tarde soube ser um mero farmacêutico — receitou o medicamento, num papel timbrado, com letras verdes e um símbolo estranho, em que constava o nome dele, o endereço e o nome da farmácia (o papel com o timbre foi o que mais me encantou). A letra dele era horrorosa, uns garranchos ininteligíveis, mas recomendava horários e dosagens das medicações, que nada mais eram que um vermífugo, pílulas para "afinar" o sangue, além de um nauseante "estimulador" do apetite que incomodou gerações: Emulsão Scott (lembro do rótulo da garrafa em que um sujeito levava às costas um enorme peixe e onde estava escrito que era constituído de "óleo de fígado de bacalhau"), uma das piores coisas, dentro do amplo espectro dos remédios, que já tomei até hoje na minha vida.

Óbvio mais que ululante, a tal receita só poderia ser aviada na farmácia do candidato que, generosamente em troca dos votos dos receitados — os quais ainda, mui gentilmente, no dia das eleições, ia deixar e buscar nas zonas eleitorais — lhes concedia a gratuidade de tais remédios. A farmácia ficava na Rua do Comércio. Sendo assim, para lá nos destinamos.

*****

Felizmente, logo atendidos, da referida farmácia fomos descendo até o centro comercial da cidade, pois meu tio (aleluia!) falara em comer alguma coisinha antes de irmos ver a encomenda para Vó Maria. Fomos, então, descendo um pouco mais até chegarmos na ribeira, no cais, lá onde ficavam os barcos, e onde fluía toda a movimentação da cidade diariamente.

Ah! Os meus olhos de infanta jamais haviam visto tantas cores, tantos barcos, e nem aquele rio imenso que quase não dava para ver a outra margem, mas que tinha o mesmo nome do que margeava meu lugar: o rio Caeté. Fiquei boquiaberta enquanto caminhava e era levada pelas mãos do meu tio, que não parecia dar a mínima importância para tal cenário fulgurante diante dele, mas sim voltava os olhos para os rabos de saia que passavam ao seu lado, e nem se importava eu estar embasbacada, ainda que, pequenina como era, o puxasse pela manga da camisa, quase implorando, embora silenciosamente, para que ele parasse um pouco, a fim de que eu pusesse nas retinas da memória tudo aquilo que ali me fascinava: as cores das velas, os homens suados, de torso nu, as peles brilhando debaixo do sol da manhã, levando daqui pra lá engradados de bebidas, caixas de peixes, sacos enormes em cima das cabeças, o que me assustava pois faziam parecer que aquilo não exigia esforço algum!

E ainda havia os nomes dos barcos que pareciam poemas pintados nas laterais das embarcações: "Princesinha das ondas"; "Senhora das águas"; "Salvador do Tocantins"; "Farol das lindezas"; "Rainha da Baixada"; "Poraquê"; "Flor dos igarapés"; "Mururé"; "Pororoquinha"; "Benquerenças"; "Pretinho das águas"; "Luar do cais", e por aí vai.

E aquele vozerio? Meu Deus, o vozerio atravessa todos esses fluxos da memória e até hoje permanece aqui na mente, guardado em algum escaninho. Era uma mistura de sotaques, mixagem de vozes, cantochão rústico de uma ópera cabocla prenhe de tons, palavras, pregões:

— Olha a pupunha cozida! Olha a pupunhê!

— Aqui menina bonita não paga! Mas também não leva!

— Olha a tapioca! Olha a tapioca! Ta-pi-o-quei-rooooo....

— Olha o cuscuz! Olha o cuscuz! Feito na hora com café bem quentinho!

Já havíamos passado pelo alvoroço da beira-rio, e estávamos bem nas cercanias do Mercado Municipal de Bragança. Meu tio e eu nos acercamos de uma banca que era de uma senhora negra, alta, espadaúda, com um turbante lindíssimo, colorido, que logo chamou minha atenção. Ele pediu dois cafés, um preto e com pouco açúcar para ele, ao que eu fiz uma careta diante desse pedido, e meu tio deu uma risada e falou:

— E para essa menininha, essa aqui minguadinha de carnes, veja um café com leite já adoçado, mais leite do que café... Ah! E mais dois pães com ovos, por favor.

— Ela é uma lindinha! — disse a mulher da banca. Em seguida perguntou ao meu tio:

— É sua filha caçula?

Ele sorriu, meio de lado, como se já dissesse: claro que não. E respondeu à curiosidade da senhora:

— É minha sobrinha. É órfã.

A mulher fez uma cara de espanto, que depois cambou para tristeza, Em seguida, ela se abaixou e fez um carinho na minha cabeça e me deu uma fatia fina de bolo.

Acho que foi a primeira vez que ouvi tal palavra: órfã. Era uma palavra pequena, de duas sílabas, mas que guardava uma dor do tamanho do mundo. Foi Vó Maria que me disse isso, certa feita:

— Órfã é como nascer já sem ter os pais do lado. Nascer sozinha no mundo. Não foi o teu caso, minha filha. Um dia te conto. Órfã é guardar uma tristeza enorme, do tamanho do mundo, aqui bem dentro da gente. De certa forma eu também fique órfã como você.

E mais ela não disse.

*****

Comemos o pão com ovo e tomamos os cafés ali mesmo, ao lado do Mercado Municipal, os dois de pé. Meu tio fez uma observação que, decerto, julgou engraçada: — É bom comer de pé, sabia? Não é mesmo, minha senhora?

A mulher nem assentiu, nem discordou. Somente olhou para ele, depois para mim e sorriu como se estivesse sendo benevolente com o aparente chiste dito pelo tio.

— É verdade, Cora. Há quem diga que a comida vai direto para as pernas, para os pés, enfim, vai fortificar os membros inferiores, entende?

Dessa vez a mulher riu, pois ele levantara a perna direita da calça e mostrara sua perna seca, com poucos pelos.

Não devo ter rido. Se naquele tempo eu tivesse uma voz que transcendesse a minha timidez, justo naquele dia eu teria dito ao tio, em forma de pergunta: "Vem cá, se comer de pé fortifica as pernas, os membros ditos inferiores, por que é que não deu certo com o senhor?"

Com efeito, esse meu tio era de uma magreza ascética, quase um faquir. E, no capítulo das pernas, estas eram semelhantes a uns cambitos enfiados nuns sabugos, como dizia certa música de sucesso da época. Tanto que o apelido dele era "Canela de Sabiá", que o povo da localidade, sempre preguiçoso em dizer mais do que duas palavras, abreviara para "Sabiá". Acima desses cambitos havia um corpo magro, esquelético, tendo meu tio sempre problemas em usar calças, pois que a cintura dessas lhes ficavam bambas, tendo que optar sempre por um cinturão que fechava no último buraco feito com uma tesoura aquecida ou prego mesmo. Era de uma estrutura óssea frágil, e seu rosto era encovado, assim como que chupado, quase sem carnes nos lados, com um queixo pontiagudo onde uns raros pelos — os quais ele escanhoava de dois em dois dias — se anunciavam, encimados por um bigode fino, meio estilo Clark Gable, cafajeste, e que davam a ele um ar de poeta da geração do Mal do Século, o que fazia com que tivesse relativo sucesso entre as mulheres, pois seus olhos de um verde quase translúcido encantavam, embora a mim parecem baços, sem vida, desprovidos de alegria. Meu tio parecia — talvez devido a essa sua tibieza muscular — ter um pouco mais que os trinta e poucos anos que anunciava ter.

*****

Após aquele café tomado na banca do mercado, voltamos à rua. Nosso destino seria a Rua do Comércio, agora bem, no começo, lá onde ficavam as grandes lojas de tecidos. Era uma rua em que se encontravam, todos os tipos de comerciantes, de muitas partes do mundo: sírio-libaneses, a quem o poviléu chamava de turcos, mesmo que não fossem originários da Turquia coisa nenhuma; os portugueses; os espanhóis. Como haviam ido parar em lugar tão distante de suas terras natais? Alguns tinham emigrado logo depois da Primeira Guerra Mundial, estavam há mais tempo naquele solo em que construíram e fincaram novas raízes, e muitos empreenderam essa diáspora após a carnificina da Segunda Guerra Mundial.

A história dos espanhóis é bem emblemática desse movimento de entrada de estrangeiros no Pará no final do século XIX e começo do século XX, principalmente. Li uma vez esse texto aqui numa entrevista da historiadora, Maria de Nazaré Sarges ao site Ecoamazônia:

"Oriundos em sua maioria da região da Galícia, Andaluzia, Extremadura, os espanhóis vieram para o Pará em busca de oportunidades de uma vida melhor, já que seu país passava por guerras coloniais, crise econômica e escassez de terras cultiváveis. Outra leva expressiva desses imigrantes para o Estado veio na década de 1930.

(...) os governantes brasileiros prometiam passagens gratuitas aos imigrantes, mas eles teriam de ser casados e agricultores. Para atrair os espanhóis, o governo investia em propaganda sobre as condições e vantagens do solo paraense. Em 1895, foram editados, em Barcelona, na Espanha, os livros "El Pará" e "Amazónia-1900", que exaltavam os atrativos do Estado e da região, como o clima, os rios caudalosos, a imensidão de terras, a facilidade da língua e a proximidade da Europa. "Procuravam vender o Pará como a 'Nueva Jerusalén', a terra da prosperidade", relata a historiadora.

Em 1896, 3.168 imigrantes espanhóis chegaram ao Pará. Destes, 1.777 partiram para os núcleos agrícolas e 1.368 ficaram na capital. Ao chegar a Belém, eram direcionados para a Hospedaria do Outeiro e, depois, enviados aos núcleos coloniais de Benjamin Constant, Bragança, Monte Alegre, Ferreira Pena e Santa Rosa, para trabalhar na agricultura, com o compromisso de permanecer no local pelo menos por três anos. "Isto não aconteceu, pois muitos se negaram a ir para esses núcleos e um número expressivo abandonou o núcleo", relata a professora.

Ela acrescenta que, na cidade, os imigrantes trabalharam como sapateiros, cozinheiros, calceteiros, ferreiros e em trabalhos domésticos. Outros se empregaram em estabelecimentos industriais da capital e do interior ou como criados em casas de famílias.

*****

Então, voltando à minha memória da infância: nosso destino era a afamada Casa Madrid, por recomendação explícita de Vó Maria – e ai de meu tio que fosse desobedecer tal mandado e, por norteamento dele mesmo, ir aviar os tecidos, por exemplo, numa loja como "A Protetora dos Pobres", que também vendia tecidos na cidade, mas que era conhecida por vender mais chita e outros tecidos menos nobres; isso iria render um estremecimento entre os dois, com mais consequências para ele, que iria ouvir por ao menos um mês poucas e boas de minha avó.

Ela mesma escrevera com aquela letrinha miúda dela, fosse o que queria dos tecidos, como, quanto e as cores determinadas para cada um dos netos. Meu tio era apenas um emissário, por via da sua destinação coincidir com aquela viagem até Bragança, e que providenciaria o tal "aviamento".

Entramos na loja. Como posso descrever meu alumbramento? Como poderia, e com quais palavras registrar tal embevecimento diante daquele cenário? Sim, acho que essa é de fato a palavra adequada àquele momento ímpar, que ainda hoje guardo na lembrança: embevecimento.

Para uma menina vinda lá dos cafundós da colônia (foi assim que ouvi meu tio se referir a mim, quando falava com o dono, o senhor Persi, um espanhol muito falante e simpático, calvo, de largas costeletas e um bigodão: "Ela veio da colônia hoje. Nunca tinha saído. Primeira vez na cidade, imagine como deve estar se sentindo..."), um bichinho do mato arredio, vinda lá das brenhas, aquilo ali era Paris, que eu só ouvira falar. Uma Paris de belezas em pleno trópico, e diante dos meus olhos imberbes de lindezas, tão descostumados às cores, fartos da pasmaceira e do tédio cotidianos.

Era um deslumbre de cores que, na minha ótica, iam se misturando umas às outras, como se um pintor invisível, transcendental, as estivesse testando e mesclando-as em sua enorme paleta de cores. Peças enormes de tecidos os mais diversos pendiam de alto a baixo dos paredões da loja, que tinha prateleiras que ocultavam as paredes, tantas eram, e onde podia se ver, acreditava eu, todas espécies de tecidos produzidos no mundo. Cada peça de tecido estava devidamente acomodada em uma prateleira, conforme seu naipe: algodão, cetim, sedas, gabardines, musselines, Oxford etc.

Diante da minha pequenez de menina do interior, aquelas prateleiras pareciam se multiplicar infinitamente, como se estivessem indo ao encontro do céu, como na história da Bíblia que Vó Maria costumava contar, aquela da Torre de Babel. Sim, definitivamente a mim aquela loja se assemelhava a uma torre infinda de tecidos.

Enquanto meu tio estendia o papel com sua pequena lista de pedidos e era atendido pelo dono do estabelecimento, o dito senhor Persi.

Deixa que eu vi uma chance de enveredar por aqueles corredores de tecidos, caminhos perfumosos — amava aquele cheiro de coisa nova, que parecia se espalhar pelo corpo quando vestia uma roupa — e multicoloridos, com azuis de um lado, verdes de outro, e assim ia se bifurcando as veredas da loja em seus mostruários de tecidos: vermelhos, cinzentos, alaranjados, sépia, rosas, marrons, amarelos, roxos, vinho... Mais, muito mais: fundos brancos com bolinhas vermelhas; fundos vermelhos com bolinhas brancas; fundos brancos com bolinhas pretas, tipo o vestidinho da Dona Baratinha (*Quem quer casar com a senhora baratinha/ Que tem fita no cabelo e dinheiro na caixinha*); branco indevassável; branco-gelo; preto fechado (estilo luto); pastel; verde-oliva; verde-musgo; verde-esmeralda; azul-marinho; azul-celeste... Outras e outras mais: estampas com motivos tradicionais, floridas, meu Deus de minha alma, como dizia Vó Maria, tanta coisa!

Deu-se que meu tio acabara de aviar os seus pedidos. Um ajudante do senhor Persi ia providenciar as embalagens, que meu tio recomendara:

— Não esqueça que são para viagem; aliás, uma longuíssima viagem.

Enquanto o moço ia fazer as embalagens — contava depois meu tio para a família, entre risos e comentários exclamativos de "essa menina" ou "mas que leseira" — ele e o dono da loja deram, enfim, por minha falta:

— Cadê a pequerrucha? — indagou ao meu tio o espanhol.

— Estava ainda agora aqui do meu lado — comentou meu tio.

Foram, danados, à minha busca. Primeiro saíram à rua, para ver se eu não estava em alguma outra loja. Havia uma defronte à Casa Madrid que era chamativa: lá se vendiam rádios e outros artefatos eletrônicos, uma grande novidade daquele momento. Nada. Foram até a ribeira: nada também. Meu tio chegou até a voltar à banca da senhora que vendia o café, mas esta já se retirara. Ele batia na cabeça e se lamentava:

— Como isso foi acontecer? Como me distraí? Vó Maria me mata!

O espanhol o consolava, dizendo que crianças eram assim mesmo, tinha lá duas na casa dele, que ficava nos altos da loja, e sabia como eram peraltas, essas coisas.

*****

Foi quando voltaram à loja, com meu tio já desconsolado, que a senhora Persi chamou o marido:

— *Frederico, ¿quién es esta chica?*

A mulher do senhor Persi tinha um porte altivo, a pele acobreada, cabelos longos, que ficavam ocultos debaixo de um lenço. Ela se dirigia a ele de uma portinhola que dava acesso da loja para o andar de cima.

— *¿De qué chica estás hablando, Concita?*

Meu tio não estava entendendo nada do diálogo entre marido e mulher.

— Pergunte a ela se não viu a menina... De repente... Se chama Cora.

A mulher pareceu ter entendido. Voltou-se para dentro da casa e dirigiu-se em espanhol a alguém que estava lá dentro.

— *Mercedes, ¿cómo se llama esta chica? ¡Pregunta si es Cora!*

Fez-se um silêncio incômodo. Meu tio olhava para o dono da loja, este olhava para o meu tio, e ambos na direção de onde falava a senhora Persi. Pouco depois ouviu-se uma voz de criança respondendo à indagação da mãe:

— *Si, mamá; Le pregunté y me dijo que se llamaba Cora.*

Suponho que meu tio esperava uma tradução simultânea por parte do senhor Persi, mas este apenas acompanhava a conversa entre a mulher e a filha.

— *¡Pues bien! ¡Entonces dile que venga aquí, porque su padre la está buscando! ¡Ahora!*

Daí ela se voltou para meu tio — que, quando contava essa parte da história, fazia uma encenação em portunhol digna de um troféu — e perguntou a ele:

— *¿Cómo dejaste que la chica se perdiera? ¿Qué clase de padre eres?*

E o senhor Persi, encabulado:

— Não, Concita, ele não é o pai da menina, é apenas o tio... Onde está a garota?

Era então que eu aparecia, temerosa, por trás da senhora Persi, e dizia um lacônico "oi, tio, o senhor está bem?", que arrancava risos na cena original e depois nas inúmeras contações que se sucederam.

Depois vieram as explicações necessárias: após percorrer os corredores de tecidos, eu dera de cara com a filha do dono da loja, Mercedita, que abrira a portinhola e me convidara para brincar com ela. Foi só quando ouvi o alvoroço, as vozes alteradas dos adultos que me revelei.

Por muito tempo essa história do meu "desaparecimento" foi integrada à mitologia pessoal da família, sendo narrada com cada vez mais detalhes em diversas reuniões familiares. Talvez aqui, como a tenha contado, já acabe por incorporar essas tantas outras que ouvi no decorrer dos anos.

Só sei dizer que, daquele episódio resultaram uma paixão pela língua e pela cultura hispânica e um vestido lindo que Vó Maria incumbiu Dona Bibi de fazer: era verde-esmeralda e eu usei um laço de cor igual numa dessas festividades de que falei.

*****

Agora que torno ao presente ato, aqui no apartamento, como na canção, tenho vontade de gritar: "meu infinito sou eu!". Eu mesma, que me fiz pela força de tantas mulheres que tombaram antes — minha mãe, minhas tias, Vó Maria.

Eu que fiz das tripas coração quando me mudei com duas malas, um arsenal de sonhos e muita coragem para essa São Paulo, indo morar numa quitinete, neste mesmo bairro Butantã, escolhido por ser perto da USP.

Minha quitinete foi meu mundo naquele tempo, que hoje parece tão ou mais distante do que a infância, a adolescência de que tenho tanto lembrado. Era um pouco minha caverna, meu quartel-general, meu b*unker*.

Foi lá que ri, chorei muito, adoeci, eu mesma me curei, escrevi longas cartas, as quais depois atirei no lixo, cresci e concluí o Mestrado em Língua e Cultura Hispânica. Amei, desamei, sofri, fiz sofrer. Algumas vezes escrevi poemas para afastar o tédio, a dor e a insuportável melancolia. Certa feita foi uma espécie de catarse para me levantar do buraco imenso que estava cavando eu mesma para nele me afundar. Então surgiu o poema como uma tábua de salvação.

Eu olhei no olho
Da vida e disse
Vai encarar?
Estava a fim
De encrenca
Mesmo.

Crispavam raios
E relâmpagos
Dos meus olhos
Como se eu fosse
Uma deusa em fúria.

(Acho que o cara
Do Uber percebeu
Pois não me encheu
O saco com aquelas
Conversas protocolares.)

Hoje eu sou mais eu
E o mundo que se foda
Com suas guerrinhas
De merda, preconceitos
E as manchetes anódinas
Do Jornal Nacional.

Hoje eu sou mais eu
De rosto lavado
Sem maquiagem
Com essas olheiras
Da vida insone
Com esse coração
Eterna menina.

Hoje eu sou mais eu.
Cresci em força e sonho
Aprendi a levar porrada
E revidar à altura

E essa mulher
Que renasce agora,
Meu bem, é melhor
Do que antes já fui.
Vai encarar?

Hoje eu já posso rir do que disse nesse poema. As coisas, aos poucos, estão se encaixando, favoravelmente. Bem no meio da pandemia recebi a notícia de que passei em uma seleção para doutorado, também na USP. Se fiquei feliz? Muito. Ao menos no momento que fui comunicada. Depois, não sei se isso ocorre com vocês, a euforia foi passando. É estranho isso. Desejar alguma coisa muito — muito mesmo! — e depois que se consegue parecer algo trivial, comum, normal, cotidiano.

Como as aulas foram suspensas e ainda hoje a polêmica segue — nesse voltar ou não voltar para as aulas presenciais — tenho que enviar atividades para minhas turmas de ensino médio. Logo cedo faço isso. Depois ouço música, escrevo. Tudo menos assistir aos telejornais. Alienada? Faz-me rir. Como me informo? Leio todos os portais. Ouço muito as emissoras de rádio.

A vida segue, mesmo no centro dessa horrorosa doença que tomou o mundo. E que parece ser cíclica: vai e vem; vem e vai. E agora apareceu Alberto. De repente parece haver luz para além das frestas e dos dias monótonos trancada aqui nesse apartamento.

No sábado ele veio ao apartamento. Subimos. Conversamos. Primeiro o assunto que veio à baila foi o livro "A Peste", do Camus. Longo papo sobre ele. Depois aportamos na música. Então ofereci o vinho. Ele pediu uma pizza. Depois coloquei Ângela Ro Ro, que ele gosta. Falamos de música. Outra longa discussão. Anos 80. Onde cada um de nós estava? Anos 90, impeachment de Collor? Eu estava lá, em Belém, nas ruas! E você? Aqui, em Sampa, também nas ruas gritando "Fora, Collor!".

Identidades. Proximidades. Quem sabe o vinho tenha sido o cúmplice? Quem sabe a solidão que eu não iria nunca deixar que acabasse comigo? Quem sabe... Veio o beijo. Outros beijos. Amassos. Corpo no corpo. Corpos na cama. Trilhas de roupas até o quarto. Depois a madrugada nos cobrindo com os lençóis do silêncio.

CAPÍTULO V: O MAIOR MISTÉRIO

O maior mistério é ver mistério
Ai de mim senhora natureza humana
Renato Teixeira
(*O maior mistério*)

Vó Maria morreu num dia assim, meio chuvoso, silencioso. Foi como se a natureza espelhasse o sentimento de dor pela sua partida. Setembro de 2005. Como a gente esquece quem foi a maior referência da nossa vida? Impossível. A dor da perda vai se amainando aos poucos, amiudando-se. Um ano, dois anos, três anos, cinco anos, agora, por exemplo, quando chegamos aos quinze anos. É-me infinitamente mais difícil ainda torná-la apenas uma saudade. Ela está aqui pulsando dentro das minhas veias, pois nosso sangue era o mesmo. Ela está aqui, mais viva do que nunca, nesse emaranhado de palavras em que contei um pouco da minha história de vida e acabei entrelaçando à vida dela, a minha, ou vice-versa.

Vó Maria vive. Disso não há dúvida alguma dentro de mim. Quando cheguei a São Paulo era o rosto dela a primeira imagem, e ao adormecer, também a última. Sempre que a rememoro é como se a estivesse ainda agora.

— A glória de Deus é ocultar certas coisas...

Do que falávamos na ocasião? Acho que dos mistérios impenetráveis da vida que eu, já chegando à idade adulta, conversava com ela.

— Como brinco de ouro
e enfeite de ouro fino
é a repreensão dada com sabedoria
a quem se dispõe a ouvir.

Vó Maria, meu oráculo. Ela ia descerrando as páginas da Bíblia para mim, especialmente na sua leitura favorita, a qual eu — ateia convicta e comovida — volto de vez em quando.

— *Como a cidade*
com seus muros derrubados,
assim é quem não sabe dominar-se.

Quantos e quantos dias ficávamos assim, eu com a cabeça aninhada no colo dela, ouvindo sua respiração miúda, o baticum monocórdico do seu coração, sentindo o cheiro de alfazema que o corpo dela exalava. De repente ela me dava um sacolejo e dizia: ouve aqui.

— *Duas coisas peço que me dês*
antes que eu morra:
Mantém longe de mim
a falsidade e a mentira;
não me dês nem pobreza nem riqueza;
dá-me apenas o alimento necessário.

Eu apenas levantava a cabeça e sorria para ela, que mantinha os olhos miudinhos acesos por trás dos óculos de leitura. Então eu falava para ela:

— Bobagem, Vó. A senhora ainda vai viver muito. Quem sabe até ler assim para um bisneto?

Ela somente sorria e tornava à leitura.

— *O zombador busca sabedoria*
e nada encontra,
mas o conhecimento vem facilmente
ao que tem discernimento.

Discernimento. Agora sei que era isso que ela tentava me passar. Naquelas quietas tardes em que ficávamos entretidas uma com a outra, num gesto fraternal de uma mulher para outra que precisava de colo e carinho, num gesto de amor de avó.

— Quando alguém o convidar para um banquete de casamento, não ocupe o lugar de honra, pois pode ser que tenha sido convidado alguém de maior honra do que você. Se for assim, aquele que convidou os dois, virá e dirá: "Dê o lugar a este". Então, humilhado, você precisará ocupar o lugar menos importante. Mas quando você for convidado, ocupe o lugar menos importante, de forma que, quando vier aquele que o convidou, diga: "Amigo, passe para um lugar mais importante". Então você será honrado na presença de todos os convidados. Pois todo o que se exalta será humilhado, e o que se humilha será exaltado (Lucas 14:8-11).

Vó Maria poderia ficar ali horas incontáveis a ler e ler. Ela amava aquilo. Quando ela lia a Bíblia eu chegava a acreditar em Deus. Porque Deus, pela boca de Vó Maria, a mim parecia algo muito palpável, como o amor dela pela gente.

Então, mesmo que se passem trinta anos, não me peçam que a vá esquecendo, fazendo com que definhe sua voz dentro de mim. Estou aqui, agora, abraçada à velha Bíblia dela, e quando leio estes versículos, tento não chorar, pois é a voz dela que ouço, nítida.

*****

No domingo fomos caminhar pelas ruas do bairro, Graciliano e Latifa, eu e Alberto. Subidas e descidas. Terrenos planos. Caminhamos tanto pelo Butantã, que acabamos subindo a Vital Brasil, chegando ali perto do Instituto Butantã e da USP. Foi quando o Graciliano observou:

— Olha ali! Era nessa panificadora que o Raul Seixas vinha aí por volta dos anos 80, a "Estrela do Butantã".

— Colocaram esse nome na padaria por causa do Raul? Afinal, vamos combinar que ele era uma estrela... — disse, de forma jocosa, Alberto.

— Claro que não! Isso é lorota de paulistano. E outra coisa: não é padaria, é panificadora.

— Tá bom! Vamos dar uma parada para um breve lanche?

— Breve? Um longo, isso sim! — disse Latifa.

— Caminhando, comendo e seguindo a canção... — ironizei.

Entramos na "Estrela do Butantã". O engraçado é que, apesar de haver a lenda e está a correr no mundo virtual, a gente não vê nada que identifique no espaço que ali esteve, um dia, um rei. Alberto fez um comentário:

— O Brasil é muito desprendido quanto a esse culto dos mortos célebres. Na América do Norte nós teríamos no mínimo uma mesa com a estátua do Raul Seixas ali na entrada, para que os visitantes tirassem fotos. Isso daria um marketing excelente para a empresa.

Todos assentiram em concordância. Latifa dava uma olhada no celular e falou:

— Olha aqui o que disse esse homem, Túlio Martins, em 2009: "A padaria Estrela ficava (e talvez ainda fique) na Avenida Vital Brasil, em São Paulo, perto do Instituto Butantã e da USP. Ali, no ano de 87, por várias vezes encontrei Raul Seixas sentado ao balcão conversando com os funcionários e os fregueses; eu falava amenidades com ele, que era um sujeito surpreendentemente simpático e afável, embora debochado. Enquanto as pessoas tomavam café e compravam pão, Raul bebia uísque, cerveja, Vodka e o que mais encontrasse pela frente. O ídolo rumava rapidamente para um final meio americano como Janis Joplin, Jimi Hendrix ou Elvis Presley. Em 21 de Agosto de 1989, aos 44 anos, faleceu de pancreatite causada por excessos com álcool e drogas."

Todos em silêncio. Graciliano rompeu a quietude. Alberto acenou para uma atendente.

— É a tal coisa... Morreu de pancreatite. Muito álcool, drogas. Mas, quem nos garantiria que, se tivesse se cuidado, seria tão criativo quanto foi sendo sem-noção com a própria saúde?

— Acho que ninguém, Graciliano.

— Provavelmente Fernando Pessoa, via Álvaro de Campos, entenderiam Rauzito — disse Latifa.

— Como assim? — éramos os outros três indagando a ela.

— Os galos cantam e estou bebedíssimo.
Não fiz nada da vida senão tê-la.
Mal amei, bebi bem, sonhei muitíssimo.
Minha intenção não foi a minha estrela.

Os galos cantam e eu cada vez mais
Absorto no disperso que o álcool dá.
Curara-me talvez a vida, ou sais,
Ou poder crer, ou desejar o que há.

Cantam tantos galos que me irrita
Que a noite que ainda dura possa ser.
Mas virá o dia, e, ao fim da parte escrita,
A morte marra e eu deixo-me colher.

Aplaudimos Latifa.

— Vocês podem entender agora por que eu amo essa mulher? — disse Graciliano, em seguida beijando Latifa.

Alberto veio chegando do balcão.

— O que eu perdi?

Não podia ser de outro jeito: rimos da cara de espanto dele. Depois do lanche retornamos a pé para o condomínio, cantando e lembrando Raul Seixas.

*****

Interfonei para Alberto.

— Oi. Tudo bem?

— Sim. Tudo. Comigo ao menos. E com você?

Demorei a responder. Muitas vezes meu silêncio é mais eloquente. Alberto já detectou isso.

— Esse teu silêncio me inquieta.

— Calma aí, Doutor Dolittle...

— Começa a falar coisas sem nexo...

— Preciso que você venha aqui mais tarde.

— Aconteceu alguma coisa? Já sei: preciso pedir oficialmente para namorar contigo!

— A gente está namorando?

— Não está? Esses dias juntos, as noites idem, pensei que...

Fui bem rápida.

— Pensou certo.

— Ualá! Enfim uma dentro! Sem mistérios, Cora, o que houve?

— Com mistério. O verbo está certo: já houve. E precisamos falar sobre isso. Muito. Vou receber umas visitas hoje. Antes quero falar contigo. Sério. Muito sério.

— Hum... Como disse o poeta — e se não disse devia ter dito — se o maior mistério da vida é ver mistérios estou a ver muitos nessa ligação, senhora Cora, rainha do meu coração!

Tem como não rir de um... namorado como esse?

— Pode ser às 17 horas?

— Hum... Visita com hora marcada? Chá das cinco? O meu preto, sem açúcar, acompanhado de *tartelettes* de limão, pouco creme, e torradas de alho, por favor.

— Estás a pensar que aqui é o *Starbucks*? Vens?

— Claro! Beijos!

— Beijos!

*****

Alberto chegou até antes do horário. Nos beijamos na porta. Confesso que a vontade era levar aquele homem ali à minha frente, cheiroso, charmoso, logo para a minha cama — que, aliás, estava desarrumada desde a manhã, antes da caminhada feita.

— Muito bem, doutor Alberto! Pontualidade é uma das suas qualidades!

— Nem sempre. Só quando quero impressionar a garota que amo...

— Como? Ouvi bem o senhor dizer, com todas as letras e sílabas que me ama?

Ele se calou. Olhou bem nos meus olhos.

— Sim, Cora. Eu disse e repito: eu te amo. E não digo para conseguir ir para cama contigo...

— Até porque né...

— Mas porque te amo mesmo. Na verdade, acho que até já te amava antes de te conhecer.

— Já vi esse filme: Nunca te vi, sempre te amei.

— E quero dizer que estou disposto a embarcar nessa viagem sem volta que é a vida, com a tua companhia.

Fala a verdade: tinha como não se apaixonar por um homem desses?

— Sente aqui, amor. Abra essa pasta e leia o conteúdo dela. Vou buscar um café para a gente.

Alberto começou a ler.

*****

SERVIÇO NACIONAL DE INFORMAÇÕES
AGÊNCIA CENTRAL
INFORMAÇÃO 207/16/AC/75
DATA – 30 DE AGOSTO DE 1975
ASSUNTO – Rudá Américo da Silva
ORIGEM – ASP/SNI/PRG 14 933/75
DIFUSÃO – CH/SNI – CIE – CISA – CENIMAR e CI/DPF
ANEXOS – “A” – CÓPIA EXTRATO DE DOSSIÊ DO NOMINADO NO DOPS/SP
“B” - CÓPIA INFÃO 006/16/AC/75 DE 07 FEV 1975

---

1. O nominado, elemento oriundo da Região Norte, nos idos de 1968-1970, vindo da cidade de Belém do Pará, capital do referido estado, veio para a cidade de São Paulo. Suspeita-se que tenha retornado para a região amazônica logo depois, com o fito de reagrupar e treinar células de esquerdistas na região do Araguaia, na qual, passando-se por amigos dos colonos da área, construíram aquilo que eles mesmos denominaram de "foco de resistência" ao atual governo militar, ação criminosa e de ideologia eminentemente comunista, provavelmente financiada pela China e Cuba.

O nominado é participante de supostos grupos de "discussão" de ideias acentuadamente comunistas, as quais são difundidas, mormente, em momentos de reuniões proporcionadas pelos CA (Centros Acadêmicos) ou pelo DCE (Diretório Central dos Estudantes) da famigerada Universidade de São Paulo (USP), conhecido local de disseminação das ideias de coloração ideológica vermelha alienígena.

2. O referido acima nominado é reconhecidamente comunista, tendo desenvolvido, nos âmbitos do espectro das organizações estudantis, principalmente, uma campanha antirrevolucionária, no sentido de desqualificar todas e quaisquer ações empreendidas pelos governos militares, que, notadamente salvaram nosso país, como se sabe e é publicamente notório, do regime comunista.

Sabe-se, ainda, que o nominado é um dos redatores de panfletos apócrifos, que têm sido fartamente distribuídos na região do bairro do Butantã, notadamente na citada USP. Temos ainda a esse respeito, não somente provas — os citados papeluchos de catequização à moda dos citados entes vermelhos de Cuba e China — mas, também, plena convicção de que o elemento em tela lidera um aparelho de esquerda, com sede em sua residência provisória, qual seja uma quitinete localizada no bairro já mencionado acima, a qual vem sendo monitorada por gente nossa, e tem recebido muitas visitas suspeitas, seja em dias de semana ou mesmo e mais ainda aos finais de semana.

3. Também deve ser dito, a respeito do já nominado elemento, que o mesmo nutre exacerbada simpatia pelo, também, notório comunista Fernando Henrique Cardoso, de quem é sabido que foi exilado pelo Primeiro Governo Revolucionário de Março de 1964, tendo ficado no exterior de 1964 a 1968, sendo atualmente uma das lideranças do Movimento Democrático Brasileiro (MDB), o qual, conforme relatório anterior, em reunião realizada pelo MDB gaúcho, comemorativa do que eles chamam acintosamente de "vitória democrática nas urnas", referindo-se à eleição do ano passado, pois este senhor Fernando Henrique disse, em alto e bom som,

que "o MDB já tem condições de depor o atual governo no momento que desejar, inclusive, com apoio das Forças Armadas". Afora essa declaração que afronta nosso governo central, o citado Fernando Cardoso é um dos críticos mais ferrenhos da presença de militares no governo.

4. Recentemente o nominado sujeito, objeto do presente relatório, encabeçou um certo "debate democrático" promovido pelo CA de Ciências Sociais, o qual teve como tema o livro "Autoritarismo e Militarização", do já referenciado Fernando Henrique Cardoso – e cuja análise feita por gente nossa vai abaixo. Sabe-se, inicialmente, que FHC — assim se lhe dirigem os mais próximos — é integrante do CEBRAP (Centro Brasileiro de Análise e Planejamento), órgão de nítida formação esquerdista-contestatória, que tem nos seus quadros, em sua totalidade, vários ex-professores aposentados por atos revolucionários, e ainda elementos do que denominamos como "intelectualidade esquerdista", além de ex-membros de organizações comunistas e subversivas.

5. Sobre o livro de FHC, temo que o mesmo, não só faz apologia à doutrina comunista de massificação, assim como prega o marxismo e recomenda o emprego da violência contra a violência, enfatizando o atual governo militar, ao qual dá a pecha de "movimentos políticos revolucionários, militarizados, que protegem os oligopólios e silenciam as tais maiorias escravizadas".

Para melhor conhecimento, encaminhamos uma análise acurada de passagens do referido livro, ao qual vem sendo deliberadamente dada publicidade pelo elemento objeto do nosso relatório:

a) À página 39, no referido livro, fala-se da "tragédia de uma das mais promissoras (sic) tentativas latino-americanas de transformação social: o Chile de Allende";

b) No capítulo II, à página 63, ao referir-se ao atual estágio da economia brasileira, que a Imprensa vem reputando como "o milagre brasileiro", pelos significativos avanços conseguidos, assim o cidadão escreve: "A nuvem negra do subdesenvolvimento e da miséria, simbolizados pelo Nordeste, parece ter-se dissipado com uma rapidez que só mesmo um milagre explicaria... ou então muita distorção na análise e boa dose de propaganda",

c) Sobre os tumultos de rua eclodidos na América Latina: "Convém recordar que desde antes da prática guerrilheira houve uma espécie de reação maciça e espontânea contra a 'política de compromissos' por parte das massas urbanas. Os quebra-quebras típicos da vida urbana de Santiago, de São Paulo, Rio ou Bogotá, eram uma forma de protesto selvagem contra o encarecimento da vida ou contra a violência da reação (como nos casos do Bogotazo depois do assassínio de Gaitán ou no Brasil depois do suicídio de Vargas). Em forma mais politizada, embora baseada em larga medida em canais espontâneos de revolta, o Cordobazo de 1969 reacendeu nas massas urbanas o estilo de 'protesto selvagem' QUE, SE PARA MAIS NÃO SERVE (E EU PENSO QUE SERVE), MOSTRA AOS MENOS DESAVISADOS QUE EXISTE NO SUBSOLO DA VIDA POLÍTICA LATINO-AMRICANA UM GERME DE ATITUDE POPULAR QUE ESCAPA AO PATRIMONIALISMO POLÍTICO PREVALENTE".

d) A respeito da Revolução de 1964, que restabeleceu os rumos da ordem, Moral e Bons Costumes, pilares da Nação Brasileira, dos quais os comunistas, ardilosamente, estavam a tentar distanciar-nos, o senhor FHC chama-a, acintosa e toscamente, de "regime de 64", sobre o qual exara as seguintes e ignominiosas palavras (ver às páginas 197/198): "O apoio dos setores latifundiários, da classe média reacionária e da direita militar ao movimento de 64 pareciam suficientes..."; "nem se organizou para servir aos interesses 'tradicionais' (agro-latifundistas-exportadores, classe média burocrática tradicional, setores profissionais "liberais", burguesia mercantil-industrial de baixa competitividade etc.), nem ao dinamizar o processo de acumulação e de chamar os técnicos e militares para os círculos íntimos de decisão da alta cúpula, tomou o rumo definido de fortalecimento dos instrumentos políticos de salvaguarda autônoma dos interesses empresariais modernos".

6. CONCLUSÃO: Pelo exposto dito a respeito do nominado sujeito neste relatório ora encaminhado, sugerimos que seja FEITA SUA APREENSÃO IMEDIATA PARA INTERROGATÓRIO com uso dos métodos de convencimento que sabemos podem ser pertinentes ao caso em pauta, o qual poderá redundar na provável derruba de muitas células comunistas que ainda recrudescem na disseminação de suas ideias abomináveis, mesmo que estas tenham sido execradas pelo nosso povo, haja vista o apoio ao movimento revolucionário de 64 e aos seus respectivos mandatários desde então.

*****

Antes de voltar com o café, da cozinha ouvi a exclamação de Alberto:

— Meu Deus! O que é isso? Filhos da puta!

Voltei à sala. Ele parecia espantado. Fumava um cigarro na sacada.

— Espero que não seja o que eu penso que seja... É?

— Maconha? Não! Só um cigarro inofensivo. Eletrônico. Quem usava e abusava da maconha era o Dalcídio, irmão do Graça, quando morou comigo uns tempos...

— Eu achava que era você o meu vizinho maconheiro...

— Sou um moço bem-comportado, senhora dona Cora. Um homem de família!

Rimos juntos. Coloquei as bandejas à nossa frente: café preto, suco, patê, bolachas integrais, queijo.

— Um café digno de um rei — disse Alberto. Depois completou: e um mistério a Sherlock Holmes. Poderia me explicar?

— Depois do café. Vamos?

Entre risos e beijos, quase devoramos as bandejas. Então, Alberto me trouxe à realidade:

— O que é isso, Cora? Esse dossiê remonta à época da Ditadura Militar! E quem é Rudá Américo da Silva?

— Já, já explicarei tudo; porque até mesmo para mim é muita história. Vou retirar as bandejas e volto.

Assim fiz. Na volta comecei a explicação necessária.

— Minha avó se chamava Maria Guanamby da Silva. Ela nasceu em 1920. Foi uma mulher da roça, como ela mesma dizia. Minha Vó Maria, eterna. Por volta de 1935, quando ela estava com quinze anos de idade, numa festa numa localidade chamada Tentugal, bem nas brenhas da Amazônia, ela conheceu meu avô, que se chamava Ernestino Luanda da Silva, nascido em 1910. Segundo minha avó, ela se impressionou com o jovem, que montava um belo cavalo esquipador. Começaram a namorar. A família de minha avó foi contra. Vai e volta, os dois fugiram de cavalo para outra cidade próxima, onde minha avó foi desvirginada. Voltaram à terrinha. Confusão? Nada. Casamento. Dessa união nasceram três filhos: Ernestino Luanda da Silva Filho, Jaciara da Silva e Silva e Jandyara da Silva e Silva, minha mãe, que era a caçula, nascida em 1940. Era naquela época que o povo tinha filho um atrás do outro, sabe? Foi assim com a minha avó: casou-se em 1935, aos quinze anos, e teve dois filhos nos anos seguintes. Quando já não esperava mais que viesse alguém, veio minha mãe. Em 1959 minha mãe conheceu meu pai, também numa festa no interior. Moço alto, moreno, bem apessoado, bigode à Clark Gable. Um ano depois estavam casados. Dois anos depois ela engravidou. Perdeu o bebê, para o qual Vó Maria tinha pensado no nome de Juraci, se fosse menino, e Coaracy, se fosse menina. Houve ainda dois outros abortos naturais. As tias da família diziam que os bebês não "pegavam" no ventre da minha mãe. Foi só depois de sete anos que eu nasci, em 1967. O casamento deles estava desgastado. Meu pai estava metido em lides políticas, que nem nós da família sabíamos, aliás ele era militante desde o ginásio. Quando começou a trabalhar como bancário, logo se filiou ao sindicato. Depois a um partido, o Partido Comunista do Brasil (PC do B). Deus o livre que minha avó soubesse disso! A sua filha caçula, mãe da sua netinha querida, casada com um comunista? Era um desgosto para ela. Logo depois que eu nasci, isso foi Vó Maria quem me contou, meu pai e minha mãe ensaiaram se separar. Ele dizia que era melhor para ela e para mim, ela dizia que não ia conseguir viver sem ele. O fato é que, por um ano, ele desapareceu. Deu notícias através de cartas, que estava no sul do Pará, a trabalho, mas que logo ia voltar. Voltou no ano da Copa do Mundo, 1970. Eu ia completar três anos de idade. Houve o aniversário, meu pai me trouxe uns presentes. A Copa seria no meio do ano. Em maio, eu acho, ele brigou com um sujeito na rua (assim me contou Vó Maria) por causa da demissão do João Saldanha do comando da Seleção. O homem disse que era bem-feito mesmo que os generais tivessem tirado um "notório comunista" da frente da nossa seleção verde--amarela. "Vai ver, esse Saldanha queria até mudar a cor da camisa para vermelha!". Daí meu pai chamou ele de idiota e o pau quebrou, indo parar na delegacia da Pedreira. Iriam só levar um esporro do delegado, mas meu pai tinha um registro de "desacato à autoridade". Ficou dois dias preso. Vó Maria soube e foi soltá-lo. Levou como prova de que era trabalhador a carteira profissional. Foi quando descobriram que meu pai só tinha um registro na carteira, de um banco, do qual saíra sem dar satisfação. Em compensação, dentro da carteira constava uma identidade estudantil dele como se estivesse matriculado na Universidade Federal do Pará, curso de Direito. Como? Ninguém em casa sabia daquilo. Ele deu uma explicação inconvincente. Na verdade, anos depois eu mesma soube, meu pai era o chamado "estudante profissional", mantido pelo partido nas universidades a fim de insuflar a resistência aos governos militares. Preciso de um pouco de água, Alberto!

— Sim, já vou pegar.

Tomei a água, respirei pausadamente. Inspira, respira. Voltei à narrativa.

— Logo depois da Copa do Mundo de 1970, meu pai estava bem. Aliás, ele e minha mãe estavam rindo para as paredes. Faziam planos. Planejavam viagens. Lembro que ainda depois de algum tempo, Vó Maria guardava um mapa com os lugares que eles tinham marcado com caneta vermelha e que pretendiam conhecer: Porto de Galinhas, Praia do Futuro, litoral paulista, litoral gaúcho. Em algum lugar aqui eu tenho uma foto minha, pequenina, de maiô bambo no meu corpo esmirrado, junto aos dois, jovens e sorridentes. Então, por volta de 1971 ele recebeu uma visita de um sujeito muito esquisito, um mulato alto, forte, com sotaque diferente. Saíram de casa para beber. Alta noite, quando ele voltou, foi só para dizer à minha mãe que ele ia viajar no começo do ano de 1972. Depois, foi como se abrissem um buraco no chão e ele tivesse sido engolido pela tal fissura.

Alberto me olhava, cismático. Passou as mãos nos meus cabelos, abraçou-me e me beijou. Como era bom receber aquele carinho todo.

— E esse relatório? O laudo?

— Já chegou ao cerne da questão. De 1972 em diante, literalmente, minha mãe se afundou. Vó Maria sofria com ela, tentava levantá-la, mas era como nada. Eu ia crescendo. Certa feita, minha mãe me deixou com Vó Maria e foi para o interior de que já falei. Lá acabou morrendo afogada. O povo dizia que era impossível, pois ela estava costumada a nadar no rio. Alguns aventaram a hipótese de suicídio. O corpo foi achado dois dias depois. Ela foi enterrada numa espécie de cemitério da família por lá. Pronto: eu era órfã de pai (que não sabia se estava vivo) e de mãe (morta aos trinta e poucos anos). O dossiê... Hoje, quando voltei da caminhada, o porteiro me chamou. Pediu para eu apanhar uma correspondência que chegara. Não havia remetente. Era um envelope grande. Continha essa pasta que dei a você. Dentro dela essa ficha do SNI que você leu, o laudo da Comissão Nacional da Verdade, que o atual governo fascista desmobilizou, em que diz terem sido confirmados, através de exames exaustivos, que uma das ossadas de militantes presos e mortos pela Ditadura Militar, achadas em Perus, no que eles denominaram de "a vala de Perus", é do meu pai, Rudá Américo da Silva. Havia um bilhete junto, assinado por Rudá Américo da Silva Filho!

— Como? Que loucura é essa?

— Sim, Alberto. Meu pai entrou um tempo para a clandestinidade. Colaborou na Guerrilha do Araguaia, depois saiu de lá antes que desmontassem e matassem todos. Veio para São Paulo. Aqui conheceu uma mulher, militante, Alice. Tiveram um filho, nascido em 1975. Assim que ele soube que a situação podia ser perigosa, mandou a mulher grávida para Taubaté, aqui no interior. Viveram lá com outros nomes. E ele sumiu do mapa. Rudá, esse irmão que não conhecia, só veio a saber dessa história em 2015, justamente quando eu aportava aqui em São Paulo. Recorreu à CNV, queria respostas. Pouco antes da eleição de Jair Bolsonaro, em 2018, ainda no começo do ano, recebeu esse mesmo dossiê. Assinou uma montanha de papéis. Aguarda uma indenização do governo, que é reconhecida por lei, mas que a gente sabe que, nesse governo de mentecaptos, poderá ser embargada *ad aeternum*. Hoje ele me ligou. Choramos juntos. Pela vida que nos separou, estando um tão perto do outro. Prometemos nos visitar. Ele tem dois filhos: Rudá Neto e Violeta. Sou tia-avó! Eles devem estar chegando...

— Que história! Uma saga!

— Por isso pedi que você viesse aqui. Quero você ao meu lado. Agora e sempre.

A campainha tocou. Meu coração palpitou. — Você quer que eu abra? — disse Alberto.

— Por favor...

Alberto abriu a porta. Levantei-me e, mesmo com uma vaga memória nublada pelos anos, vi Rudá de pé na porta, e foi como se estivesse vendo meu pai voltar, após tanto tempo longe de casa. Fui chegando para o abraço, com as lágrimas toldando a visão. Ele também chorava. O abraço juntou passado, presente e futuro, com as duas crianças se integrando a ele.

PARTE III: DEPOIS DO ARCO-ÍRIS, A ESPERANÇA

"O que é natural é o micróbio. O resto – a saúde, a integridade, a pureza, se quiser – é um efeito da vontade, de uma vontade que não deve jamais se deter. O homem direito, aquele que não infecta quase ninguém, é aquele que tem o menor número de distrações possível. E como é preciso ter vontade e tensão para nunca se ficar distraído!"
Albert Camus
(*A peste*)

CAPÍTULO I: “NA VEIA”

Vida toda linguagem,
frase perfeita sempre, talvez verso,
geralmente sem qualquer adjetivo,
coluna sem ornamento, geralmente partida.
Mário Faustino

— Há em “Hamlet”, de Shakespeare, uma fala do personagem Horácio, a qual eu queria ler para a gente abrir essa primeira sessão do nosso clube “Leitura na Veia”. Pode ser?
Silêncio. Risinhos.

> — *Um grão de pó que perturba a visão do nosso espírito.*
> *No tempo em que Roma era só louros e palmas,*
> *Pouco antes da queda do poderoso Júlio,*
> *As tumbas foram abandonadas pelos mortos*
> *Que, enrolados em suas mortalhas,*
> *Guinchavam e gemiam pelas ruas romanas;*
> *Viram-se estrelas com caudas de fogo,*
> *Orvalhos de sangue, desastres nos astros,*
> *E a lua aquosa, cuja influência domina o mar; império de Netuno,*
> *Definhou num eclipse, como se houvesse soado o Juízo Final.*
> *Esses mesmos sinais, mensageiros de fatos sinistros,*
> *Arautos de desgraças que hão de vir,*
> *Prólogo de catástrofes que se formam.*
> *Surgiram ao mesmo tempo no céu e na terra,*
> *E foram vistos em várias regiões,*
> *Com espanto e terror de nossos compatriotas.*

Silêncio de novo. Alguém levanta a mão.

— Esta linguagem, tão distinta do que vemos hoje em dia, em que prepondera o informal, não dificulta o entendimento de Shakespeare?

Outra mão.

— Esse era um trecho que queria comentar. Achei muito identificado com os dias de hoje.

Murmúrios. Risinhos.

— Bom, então, gente, vamos deixar espaço para o nosso convidado, o escritor Jofre Guigar, que vai falar um pouco com vocês. Eu vou ficar nos bastidores, com a câmera desligada, ok. — disse Andreza e saiu de cena.

Alguém me mandou mensagem pelo zap.

— Cides, vai rolar papo chato. Escritor falando com enfermeiros? Hum-hum Bora marcar um rolê amanhã? Tô no hospital, claro.

Era o Samuel, meu amigo. Só ele para me chamar de Cides. Meu nome é José Alcides Silva da Silva. Duplo Silva. Uma vez um homem me contou uma história até engraçada — mas que eu pus na conta de piada — sobre esses sobrenomes que grassam aí pelo nosso país.

— Naquela época, como eu dizia, os chamados cristãos-novos, que eram os descendentes de judeus que aportaram em nossa terra mãe gentil, meio que maquiaram suas origens, o que era, aliás, muito necessário. Devem ter pensado assim: Novo Mundo, novos nomes. Daí que tascaram a usar como sobrenomes, por exemplo, nomes de árvores: Pereira (onde dá a pera), Pinheiro etc. O mais interessante é o que se conta a respeito do sobrenome Silva...

— Olha aí, Cides, o sujeito vai falar da tua árvore genealógica... Quem sabe tu descobres que tens um pé, ou dois, em Portugal, e ainda descolas um gajo de olhos verdes? — era o enxerido do Samuel se metendo onde nem era mencionado. Típico dessa gentalha!

O sujeito seguiu com sua peroração.

— Pois bem... Diz-se que um desses cristãos-novos, ao procurar um profissional qualquer, digamos um ferreiro ou ainda um calceteiro, indagando aqui e ali, deu com a seguinte informação: "Ah! Queres falar com aquele que silva?". Ora, ora, segundo o dicionário, que antes chamávamos de Pai dos Burros, e era de papel, e hoje acessamos na palma de nossa mão, via celular, "silvar" nada mais é do que "assoprar produzindo um som agudo prolongado", ou seja, assobiar, sibilar. Ocorre, então, que o nosso sujeito acabou por adotar esse verbo, na verdade a conjugação dele na terceira pessoa do singular (ele silva) como sobrenome, olhem que interessante!

Interessante mesmo era a cara de pau do tal sujeito ao contar essa historieta de salão com verniz de acontecimento histórico. Ah! Essa reunião social foi feita no tempo em que ainda se podia aglomerar, assim como éramos obrigados a aguentar papo chato em recepções.

*****

Voltando ao Clube de Leitura. O "Na Veia" foi uma ideia do engraçadinho do Samuca. A proposta em si partiu de uma colega do hospital de campanha, integrante da equipe multidisciplinar, uma psicóloga chamada Lívia. A orientadora dela, Andreza, de São Paulo, fazia esse trabalho de orientação acadêmica virtualmente, aliás como agora quase todas as coisas são feitas, até sexo. Então, a Andreza coordena uma rede de clubes de leitura pelo Brasil, além de trabalhar também com Biblioterapia. É, eu sei, tanto eu como você recorremos a Wikipédia:

"A biblioterapia constitui-se de uma atividade de leitura pertencente a uma das vertentes do trabalho do bibliotecário. Atualmente temos como certo que este acontecimento se deu por volta de 1904 quando a biblioterapia entra no rol das disciplinas do curso de Biblioteconomia, constituindo como prática empírica em bibliotecas públicas e hospitalares (Pinto, 2005). Desse modo, o campo de pesquisa no Brasil certifica-se que o bibliotecário é o profissional que mais contribui para o desenvolvimento desta área.

Para algumas pesquisadoras (Caldin, 2009; Kramer & Smith, 1998; McMillen, 2014) a biblioterapia é constituída por dois aspetos distintos: uma aplicada por bibliotecários denominada biblioterapia de desenvolvimento, constituindo-se de um apoio literário individual ou em grupo para possibilitar o desenvolvimento normal e progressivo do indivíduo (Catalano, 2008). Possui um caráter preventivo, catártico, purificatório e, portanto, curativo. A sua aplicação não tem fronteiras, podendo ser destinado a diferentes públicos, em diferentes contextos e espaços."

A Andreza tem uma equipe multidisciplinar que atua em diversos espaços hospitalares, mas não só neles, também em áreas de risco, tipo favelas, invasões e presídios. O "nosso" clube veio em meio ao pandemônio pandêmico deste 2020, desde abril até agora. Muita gente virando serviço, o que nem é uma novidade para a gente, muitos acostumados a fazer 12 horas de trabalho seguidas, às vezes até mais. Era mesmo a insegurança do momento; até mais ou menos julho, o ritmo de trabalho era muito punk. Foram os mais longos e tenebrosos noventa dias que passei nessa profissão.

O trabalho? A gente tira de letra. Eu, por exemplo, já me habituei a dormir no máximo seis horas diárias de sono. Drogas? Não vou negar, já tomei mesmo. Muito. Muitas. Demais. Isso no começo da profissão, ainda no estágio. Pois bem: era uma roda-viva nesses noventa dias. Entra paciente vivo, muito mal. Sai morto. Médicos doentes. Médicos faltando ao plantão. Vários caindo doentes de Covid-19. Idosos aos montes sendo entubados. Muitos colegas enfermeiros e enfermeiras sendo internados também. Era quase o inferno na Terra.

Muita gente pirou mesmo nessa época. Os menos resistentes já começaram a ver na situação o fim do mundo. Alguns apelaram para a religião. O Samuel relevava e até fazia sua gozação intramuros:

— Esses merdas, qualquer dia desses, em vez de ministrar a dosagem certa da medicação nos pacientes vão logo é ministrar a extrema-unção.

Quase isso; se, como dizem, o patriotismo é o último refúgio dos canalhas, a religião vem sendo há milênios o bálsamo para os desesperados, hão de concordar comigo os menos crédulos (como eu) e os nada céticos.

*****

Quando comecei a escrever essas notas que vão se acumulando nesse caderno de capa dura, cor verde (Esperança? Talvez...), veio-me à memória um livro que li há muito tempo, ainda no tempo da faculdade, mas que tornei a ele nesses tempos obscuros: "A Náusea", obra ícone do Existencialismo, do escritor e filósofo Jean Paul Sartre.

O livro é escrito em forma de um diário e, segundo a sinopse na quarta capa, "a partir dos sentimentos e da observação de ações banais de Antoine Roquentin, o protagonista, que, ao perambular por uma cidade desconhecida, é confrontado com o absurdo da condição humana". A obra é pura melancolia, que sempre "dá um bom caldo" para a Literatura, como me afirmava um professor do ensino médio. Roquentin, logo no início diz o seguinte:

"O melhor seria escrever os acontecimentos dia a dia. Fazer um diário para os considerar com clareza. Não deixar escapar as diferenças de pormenor, os factos miúdos, mesmo quando parecem insignificantes, e sobretudo ordená-los. Tenho de dizer como é que vejo esta mesa, a rua, as pessoas, a minha bolsa de tabaco, visto que foi isso que mudou. Tenho de determinar exatamente a extensão e a natureza dessa mudança."

Ora, convenhamos, mesmo sendo eu, José Alcides Silva da Silva, um homem de bulas e ampolas, emérito aplicador de injeções em bundas alheias, enfim um sujeito do lado de cá das coisas exatas, nestas ciências cada vez menos cientes e nada conscientes, não comungaria jamais com essa ideia do personagem de Sartre. Mais à frente ele nos diz:

"É isto que é preciso evitar; é preciso não achar estranho o que não tem estranheza nenhuma. É este o perigo, creio eu, quando se faz um diário: exagera-se tudo, espia-se demais, excede-se constantemente a verdade. Por outro lado, é certo que posso, dum momento para o outro — e justamente a propósito desta caixa ou doutro objeto qualquer — sentir de novo aquela impressão de anteontem. Tenho de estar sempre pronto, senão mais uma vez ela me escaparia. É preciso não... coisa nenhuma, mas registrar cuidadosamente e com minúcias extremas tudo o que acontece."

É o que tentarei fazer nessas anotações estúrdias, que nascem num tempo idem, em que manhãs se confundem com a noturnidade, embora ainda saibamos distinguir os bem-te-vis das corujas. Ao menos eu espero que sim, sinceramente.

*****

No Clube de Leitura a tela era ocupada pela imagem e fala do escritor e professor Jofre Guigar.

— "Hamlet observa a Horácio que há mais cousas no céu e na terra do que sonha a nossa filosofia." É assim que começa um conto clássico de Machado de Assis, que é "A Cartomante". Isso dá uma dimensão da importância na História da Literatura Universal de William Shakespeare.

Pausa. Slide compartilhado na tela.

"A obra de Machado de Assis traz frequentes alusões a Shakespeare e às suas peças, algumas com indícios de terem predominado sobre a concepção do contista ou do romancista, cuja preferência recaiu sobretudo nas tragédias Hamlet, Otelo, Macbeth e Romeu e Julieta. Destes dramas, sucedem-se, ali, por vários modos, as ressonâncias, vindo após: *A tempestade*, *O mercador de Veneza*, *Ricardo III*, *Coriolano*, *Como queiram* e *Medida por medida*. Esta última forneceu, mesmo, a Machado de Assis, o pensamento que deliberadamente pôs em ação no romance de estreia. "Minha ideia ao escrever este livro – confessa o romancista no prólogo de Ressurreição – foi pôr em ação aquele pensamento de Shakespeare:

Our doubts are traitors
And make us lose the good we oft might win
By fearing to attempt."

Shakespeare no Brasil (Rio de Janeiro: Departamento de Imprensa Nacional, 1961. p. 158-186)

Nova pausa. Mudança de slide. Guigar volta a falar. Tem a voz rascante, rouca.

— Neste trecho de "Hamlet" vemos a manifestação da personagem Rainha, que nos fala sobre a morte.

RAINHA: *Querido Hamlet, arranca de ti essa coloração noturna.*
E olha com olhar de amigo o rei da Dinamarca.
Chega de andar com os olhos abaixados
Procurando teu nobre pai no pó, inutilmente,
Sabes que é sorte comum – tudo que vive morre,
Atravessando a vida para a eternidade.

Mais à frente – aqui estamos falando do Ato I, Cena II, é o rei que se manifesta:

REI: (...) *Quem sobrevive tem, por certo tempo, o dever filial de demonstrar sua pena.*
Mas insistir na ostentação de mágoa
É teimosia sacrílega; lamento pouco viril,
Mostra uma vontade desrespeitosa ao céu,
Um coração débil, alma impaciente,
Mente simplória e inculta,
Pois se sabemos que a coisa é inelutável,
Por que enfrentá-la com oposição estéril?

Conforme foi suscitado pela professora Andreza, também pela professora Lívia, este tema da perenidade, que é inerente à condição humana em nosso planeta, e diante do qual temos nos deparado constantemente nestes dias de incertezas diante de uma doença que tem levado tanta gente do nosso convívio, é um tema universal, presente nas grandes obras da Literatura mundial. Poderíamos ir mais além, nesse que é um assunto controverso no aspecto, por exemplo, do luto, mas prefiro deixar mais um pouco de "Hamlet" para as reflexões de cada um que está nos assistindo. Aqui o príncipe tem um solilóquio em que fala da pressa da rainha em casar-se e reflete sobre esse ato e os outros da corte, quando considera "enfadonhas, azedas ou rançosas, / Todas as práticas do mundo!"

HAMLET: *Oh, que esta carne tão, tão maculada, derretesse,*
Explodisse e se evaporasse em neblina!
Oh, se o Todo-Poderoso não tivesse gravado
Um mandamento contra os que se suicidam.
Ó Deus, ó Deus! Como são enfadonhas, azedas ou rançosas,
Todas as práticas do mundo!
O tédio, ó nojo! Isto é um jardim abandonado,
Cheio de ervas daninhas,
Invadido só pelo veneno e o espinho –
Um quintal de aberrações da natureza.

Slide final. Jofre Guigar se despediu falando de Machado de Assis.

"Está fora de dúvida de que o Hamlet cuja sedução já o empolgava em seus primeiros tempos, foi um dos livros prediletos de Machado de Assis, tendo João do Rio apurado, no correr do inquérito de 'O Momento Literário', que os seus livros de cabeceira eram esse drama e o Prometeu. Viveu sempre impregnado da atmosfera hamletiana e, como é perfeitamente compreensível, o monólogo 'To be, or not to be' nunca lhe saiu do pensamento. De um modo geral, exerceram avassaladora atração sobre o criador de Brás Cubas os trechos e cenas do Hamlet que projetam a ideia e imagens da morte, e cujos lúgubres efeitos iriam criar atmosfera correspondente numa parte bastante significativa da sua obra mais densa de maturidade."

Shakespeare no Brasil (Rio de Janeiro: Departamento de Imprensa Nacional, 1961)

*****

Depois do papo do Clube de Leitura "Na Veia", como tinha ainda um tempo, marquei com Samuel numa lanchonete perto do hospital.

— Não é um pouco demasiado esse papo de morte em meio a uma pandemia? — ele me disse enquanto tomávamos um suco verde.

Fiquei olhando para Samuel. Ele é um homem de mais de trinta e cinco anos, beirando os quarenta — embora diga para os seus "meninos" que têm somente "35 anos incompletos". Nem alto, nem baixo. Estatura mediana. Corpo bem cuidado, mas algumas falhas na cabeleira que já foi mais vasta. Tem um sorriso aberto. Gosto dele. É o irmão ou mesmo a irmã que eu nunca pude ter.

— Mas, Samuca, justo você, que até posou de gótico nos anos 90, vem para cima de mim com essa história? A morte está aqui, agora, nessa mesa de lanchonete do Terceiro Mundo, passou ali pela rua, arrebatou uns e outros. É hipocrisia negar a presença "Dela". Ela nos recebe quando nascemos sabe para quê? Para dar aquela palmada na nossa bunda e dizer para a gente: aqui começa tua contagem de tempo, te aligeira, corre enquanto tens forças para te alinhar ao mundo, e vive, já que a morte é certa!

— Tudo que é vivo morre...

— Exatamente!

— Não me acostumo com essa ideia.

— A gente se acostuma com tanta coisa que não tolera nessa vida...

— A ideia de morrer me dá uma angústia...

— Quem nunca? A gente se acostuma, já te disse.

Ficamos calados. Os copos estavam vazios. Samuca girou o copo seco que estava com ele nas mãos.

— No fundo vamos ser igualados a este copo seco, inerte, ou até menos.

— Eu acho que menos. Se esse copo quebrar — e ele um dia há de ser quebrado! — os seus cacos vão ser enterrados, supondo-se que seja feita tal coisa, e ficarão na natureza por muito tempo. Quanto a nós...

— Então, valemos menos que um copo? Pois os micróbios hão de devorar nossas carnes hoje pulsando e saracoteando...

— Pois lembraste-me essa passagem de "Hamlet". É quando o príncipe reflete, sozinho, após assistir a uma apresentação de atores:

Mas eu,
Idiota inerte, alma de lodo,
Vivo na lua, insensível à minha própria causa,
E não sei fazer nada, mesmo por um rei
Cuja propriedade e vida tão preciosa
Foram arrancadas numa conspiração maldita.
Sou então um covarde? Quem me chama canalha?
Me arrebenta a cabeça, me puxa pelo nariz,
E me enfia a mentira pela goela até o fundo dos pulmões?

Samuca ficou calado.

— É um pouco a nossa comédia humana, não? Por isso que eu acho ser necessário fazermos cada minuto na vida valer a pena!

— Cada minuto? *CARPE DIEM!* Conheces o poema do Whitman?

Aproveita o dia,
Não deixes que termine sem teres crescido um pouco.
Sem teres sido feliz, sem teres alimentado os teus sonhos. (...)
Somos seres humanos cheios de paixão.

— Verdade... *Somos seres humanos cheios de paixão*

— Então? *CARPE DIEM*? A "senhora" que acabou de falar: VIVAMOS! APAIXONEMO-NOS PELA VIDA!

— Menos, Samuca, menos...

— Deixa de pudores, biba. Vamos para a boate hoje?

— Hum... Tá bom. Com distanciamento, hem?

Pagamos e saímos.

CAPÍTULO II: CORPO

Meu corpo não é meu corpo,
é ilusão de outro ser.
Sabe a arte de esconder-me
e é de tal modo sagaz
que a mim de mim ele oculta.
Carlos Drummond de Andrade

Samuel se aproximou de mim tão silenciosamente — quando quer, ele sabe fazer como poucos "a pantera", esse veado — que, quando me dei conta, já estava praticamente em cima de mim.

— Que a "senhora" está fazendo aí tão caladinha, hem, Dona Cidinha?

— "Senhora" está no céu, sua intrometida! Vem aí toda sorrateira!

— Ave Maria...

— Cheia de graças...

— Nossa! Que humor, hem santa?

— Mais puta do que santa!

Silenciamos.

— Bicha, então tu sabes oração católica, né?

— Claro, meu amor, fui educado por minha avó, uma mulher extremamente católica, Vó Maria.

— Hum-hum, a "senhora" é uma surpresa atrás da outra, uma verdadeira caixinha de surpresas!

Novo silêncio.

— Mas o que é mesmo que a "senhora" está lendo?

— Ah! *Samuquíssima* criatura, nesses tempos de trevas, recorri à Poesia: Drummond.

— Lê um trecho aí para mim...

— A "senhora" quer uma mucama leitora agora, é, sinhazinha de araque?

Rimos, ambos. Depois li para ele um trecho de "As contradições do corpo".

— *Meu corpo apaga a lembrança*
que eu tinha de minha mente.
Inocula-me seu phatos,
me ataca, fere e condena
por crimes não cometidos.

Samuel calou-se.
— Bicha, isso é de uma profundidade...
— A "senhora" é que é mais rasa que piscina de criança...
— Credo! Peçonhenta...
— A "senhora" sabe como eu sou! Já sabe o meu signo...
Olhamo-nos, e falamos ao mesmo tempo.
— ESCORPIÃO QUANDO PICA, PICA MESMO!
Caímos na gargalhada. Depois, Samuel me pediu:
— Lê mais um pouco?
Eu li:

— *Meu corpo ordena que eu saia*
em busca do que não quero,
e me nega, ao se afirmar
como senhor do meu Eu
convertido em cão servil.

Samuel pareceu ficar meditando, tocado pela leitura.
— Posso ler logo o resto do poema?
Ele assentiu com a cabeça.

— *Já premido por seu pulso*
de inquebrantável rigor,
não sou mais quem dantes era:
com volúpia dirigida,
saio a bailar com meu corpo.

Samuel repetiu o verso final do poema
— ... *saio a bailar com meu corpo.* Cides você já se sentiu meio estranho com relação ao teu corpo, aos teus desejos?
— Claro! Quem nunca... Né mesmo?
— Sei lá... Assim: como foi tua iniciação?
— Lá vem a bicha freudiana...

— Ah! A "senhora" gosta de um divã que eu sei... Coloca a cabeça no meu colo e conta!

E eu obedeci.

*****

"Eu era bem garoto, sabe? Acho que uns doze ou treze anos. Hormônios fervilhando. Morava no interior, nas brenhas mesmo. Havia os jogos de rua.

— Caí no poço!

— Poço!

— Tô me afogando...

— ... gando!

— E por onde tá a água?

— Pelo pescoço...

— E com que se salva?

— Com um beijo e um abraço do primo Alcides...

Pode rir... Eu era o objeto de desejo das meninas! Achava estranho aquilo. Eu gostava de estar com elas, até mesmo de participar dos jogos, mas — dentro de mim pulsava essa certeza, entende? — não conseguia me ver namorando uma delas. Mas, sabe como é, aquele era um tempo de experimentações... Tempo das primícias sexuais; na verdade, das "primices", pois quase todos éramos aparentados. Havia duas primas, em especial: Cora e Glorinha. Esta última era do tipo que, com ela, "o buraco era mais embaixo". Uma bela de uma sacana, despudorada, arteira em inventar e desinventar modas. Pois ela entendeu deque eu e Cora, que éramos quase do mesmo tope e idades próximas, deveríamos ter nossa primeira vez "em casa". Pois, Samuca, não é que o fillho de uma cadela rimo tudo direitinho? Primeiro convenceu Cora, que era uma sonsa, a sair das asas protetoras de Vó Maria. Depois, com a lábia que ela possuía, não foi nada difícil me convencer. Fomos, eu e Cora, para o local, que Glorinha mesma havia preparado. Enfim, hoje não posso negar que já me joguei nessa "lama", né? Aconteceu. Na volta para casa Glorinha, com jeitinho, veio me perguntar:

— Então, Cidinho, foi bom?

— É, né, ruim não foi...

Passou um tempo, eu me bandeei para as brincadeiras com os meninos. As meninas estranharam isso. Deixa estar que eu andava de olho num primo mais novo. Um dia, depois de um jogo de futebol, a gente acabou indo para o igarapé. Banho no interior, até as pedras polidas sabem, é todo mundo pelado. Mas, com as más intenções todas, eu queria levar meu priminho para um lugar, digamos, mais tranquilo. Demorou para tirar a chucreza do burro, mas eu o convenci. Então, lá fomos nós. Não vou te dizer que ele não desconfiasse do que ia ocorrer, mas tinha o frisson do novo, da experiência, né? E, olha não, não é que ele não tenha gostado. Primeiro de tudo — como da vez anterior com a prima — ficou um gosto de coisa insossa, amarga na boca, faltando um não sei o quê. Depois, o priminho não era essas coisas, mas dava para o gasto. Quem não tem cão, não dizem que caça até com gato?

Eu tenho que confessar: eu já possuía, assim-assim, uns trejeitos afeminados. Alguns dos moleques já tinham jogado verde para mim, mas eu sempre me mantinha distanciado, sabe como é, né? Eu me valorizava. Mas naquele dia, não sei que diabo de bicho é que me mordeu, eu decidi que ia pegar o priminho. Pode ser até o rio, aquela tarde que ia findando no domingo de sol...

*****

O primo era arredio, embora fosse uma gracinha; suava mais do que panela fumegando no fogão a lenha, mas estava ali, firme. De repente tem aquela coisa do medo. Medo, olha eu não digo que fosse, porque que diabo de medo era aquele, afinal, se aceitara vir comigo ao rio, àquelas horas? Que medo era aquele que não era medo, hem, hem? Eu acho que o sentir dele era igual ao meu: uma coisa assim que a gente nem sabe dizer como era, um engulho na garganta, um formigar (e que formigar!) de pelo menos seiscentas formigas de fogo pelo corpo inteiro. Medo mesmo eu digo que não foi. Quem sabe outra sensação que ele nunca tenha experimentado, assim como eu?

É, é isso: outra sensação. Então, estávamos ali, nus, no rio, àquelas horas, a sós. Aí eu joguei um "se cola" nele, tipo "olha esse sinal que eu tenho aqui no bumbum; será que tá inflamado? Eu cocei ontem... Vê pra mim?". Isso já foi depois de termos tirado toda a roupa e entrado na água fria. O sinal falado era uma pintazinha arroxeada, uma pinta no lado esquerdo do traseiro... O restante foi acontecendo tão vertiginosamente, que até eu mesmo depois duvidei.

O "verdinho" se acercou de mim para ver o tal sinal. A proximidade dele já foi me dando um desejo, uma sofreguidão de ter aquele corpo. Aí fui me esfregando nele, enquanto mostrava a tal pinta das quantas, e ele ia abrindo a boca sem poder explicar qual o motivo para sentir aquela comichão forte pelo corpo, e mais forte ainda no sexo. Aí ficou assim: eu me enroscando pelo corpo do meu "verdinho", meu "cheiro verde", lânguido, mole-mole, dessa forma eu ia me apossando, lentamente, dele, do corpo dele, de um jeito bem desavergonhado! E, olha, vou te contar, era uma coisa intuitiva mesmo!

Bom, ele foi se deixando tomar pela vertigem toda, aquela coisa que os poetas chamam de "frêmito". Deve ter pensado, em algum momento daquela loucura toda que nos tomava, que tudo aquilo que os outros meninos, a boca pequena, falavam a meu respeito — que eu não gostava de meninas, era mais do que verdade; eles diziam que eu era "homem-mulher", aqueles broncos, como se nunca tivessem, na curta vida deles, jogado aqueles "jogos infantis" ... Hipócritas!

*****

Bom, eu era bobinho, mas nem tanto: o fato é que fui me aproveitando daquela vertigem, até pelo fato de ter mais corpo do que ele; e daí arranhava o peito dele, depois as costas, o atirava no igarapé e me inteiriçava todo sobre o corpo dele, de costas, sobre o sexo dele, balançando os quadris feito mulher, frenética e loucamente, como se estivesse possuído por uns seiscentos demônios. Se estava sendo bom? Estava, ao menos para mim, ma-ra-vi-lho-so.

Mas, como diz aquela canção do tempo em que se amarrava cachorro com linguiça e quando meu tio trabalhava como enxugador de gelo, tudo que é bom dura pouco. Até que ele se cansou daquela vertigem, acho que uma raiva veio vindo lá de dentro dele, e deu um soco forte que pegou, de raspão, no meu rosto, mas ainda assim, fez sair sangue das narinas. Isso deve ter assustado ele, que saiu chorando como se estivesse à beira da morte, calção na mão, se tremelicando todo. Se eu gozei? Devo ter gozado, sim. Depois fui lavar o rosto e tirar o sangue do corpo. Em casa falei que tinha batido o rosto num galho de árvore. Vó Maria não deu muito crédito para a minha desculpa, mas me mandou ir tomar banho na cacimba e depois providenciou um curativo.

*****

— Então, a "senhora" sempre foi danadinha...

— Assim-assim...

— Mas se jogou na "lama" mesmo? Ou isso é prosopopeia?

— Nem prosopopeia, nem eufemismo ou coisa que o valha: me joguei mesmo! Sabe como é, minha cara, a vida é um rol de experiências que a gente vai acumulando. E, como eu sempre digo, amiga louca: só vai poder contar história, no futuro, quem viveu. Mana, eu confesso que vivi!

— Sendo assim, a "senhora" é mega experiente!

— Hum... Podemos dizer que sim!

— Nenhuma recaída mesmo, depois disso?

— Hum... Não!

— Certeza, *periguete*?

— Olha como fala comigo, sua recalcada!

— Sem estresses, miga.

Silêncio.

— Mas eu tenho outra historinha bem apimentada para te contar, quer ouvir?

— Hum... A senhora está a própria Agatha Christie, rainha dos mistérios, senhora das trevas....

— Ouve só...

*****

"Algum tempo depois, acho que era um período mais extenso de férias, final de ano, algo assim, veio uma cambada de primos e primas para o local. Em geral se fazia a divisão de homens para dormir numa casa e mulheres em outra. Daí se entrelaçavam redes e mais redes por sobre uma única cama, a privilegiada com mosquiteiro para conter os carapanãs.

O lugar ficava um alvoroço, era como se a população de pouco mais de umas cem pessoas ganhasse um outro tanto. E, no entanto, eram apenas uns dez a quinze meninos e um igual número de meninas. Mas, pense na algazarra que faziam! Vó Maria dizia que pareciam periquitinhos soltos num pomar.

Logo depois do café da manhã havia a separação: desapartados da mesa enorme, meninos iam para um lado, meninas tomavam outro rumo. Mas, parece que por um sinal combinado, todos convergiam para o banho de igarapé por volta do meio-dia. Depois o Almoço, após este a sesta dos mais velhos, que ia dar no final da tarde, quase chegando nas cinco e meia. Então, para quem era de encarar um lanche, vinha o lanche; para quem era de café, pois tome café no bule; para quem preferia esperar o jantar, sempre havia um cozido de carne vermelha, um peixe fresco, algo assim.

Depois do jantar, aí por volta das oito ou nove da noite, em um tosco bando de madeira, que ficava à frente da casa, rolavam conversas e causos, trocavam-se impressões e histórias de algumas aventuras num dia intenso de verão.

Depois, vinha o silêncio que precedia os bocejos e era a antessala do sono. Pouco a pouco, um a um, uma a uma, primos e primas iam se arrastando para os respectivos locais de dormida.

*****

Pois numa noite dessas, estando eu dormindo na casa onde ficavam as meninas — já me enturmando, né mana? — não é que escutei uns sussurros, uns cochichos em meio aquele silêncio quase tumular? Logo desconfiei de algum primo que tinha furado o bloqueio e chegara até nós. Os barulhinhos quase inaudíveis vinham do quarto que ficava no centro da casa, que era o "quartel general das calcinhas e calçolas", como apelidou um tio mais gaiato. A casa era uma daquelas típicas habitações do interior: sala pequena, com porta de tramela e duas janelas pequenas; corredor longo, com uma janela na lateral da casa, que ia dar na sala de jantar, com um quarto à esquerda, e no fundo a cozinha com os teréns e o fogão a lenha.

Apurei os ouvidos. Para minha surpresa, eram duas vozes femininas!

— Não pode, sua diaba, não pode! Tira de mim esse olhar de peixe morto. Pra longe de mim com esse perfume agridoce. Não pode, seu demônio, não pode!

— Hum... Deixa de coisa...

— Mas quando que eu vou beijar esses teus lábios assim entreabertos, manga pedindo para ser sugada? Mas quando que eu vou descer meus dedos finos pela tua pele, esse suor tênue escorrendo pelo teu pescoço, indo pelas costas até aquele vale inimaginável, a flor no jardim oculto?

— Vem mais, vem...

— Ah! Senhora de Minh' alma! Por que tocar na fímbria desse desejo que arde sem que se veja? Por quê?

— Não fala nada, vem cá, vem...

— Não pode, safardana, não pode! Sim, eu tenho minha querença por ti, que nunca deixei de observar teu andar entre as outras, teus seios mais que belos entre as outras, tuas coxas mais desejadas que todas as outras! Nos banhos, meus olhos te devoraram como se tal fome fosse insaciável. Ah! E eu me confessava umas três vezes por semana, pedia: arreda, Senhor, esse demônio dos meus caminhos! Nada vezes nada.

— Vem cá, vem...

— Não pode, filha da puta, não pode! Ah! Esse torpor que sobe pelas minhas pernas, que torna meu corpo lânguido, que amolece todas as defesas, que toma os sentidos inertes, que faz de tudo um caleidoscópio, tornando os bicos dos seios rijos, cada carícia no corpo feito uma faca cortando fundo...

— Para com essa falação... Assim eu me apaixono mais...

— Ah! Eu quero esse teu corpo de ânsias, tocar a tua pele, enredar meus seios nos teus, boca com boca, fusão de vulcões ardendo em ardências nunca extravasadas, tocar tua buceta com meus dedos indo fundo, a tua mão acariciando-me como sempre sonhei, nós duas entranhadas como nunca se viram, ao lado o rio correndo, acima o céu, pecando como se a vida fosse breve, o mundo começasse agora e esse instante pudesse ser eterno...

Daí por diante foram só barulhinhos de línguas e beijos de uma no corpo da outra, vozes que foram sumindo dentro da noite enorme".

*****

— Que babado! Briga de aranhas...

— Hum-hum...

— Nunca soubeste quem eram?

— Tá! Tá bom... Eu vi. Numa hora que cessaram todos os gemidos e sussurros, eu passei para ir ao banheiro. Uma delas estava se levantando para ir ao banheiro, que ficava no quintal da casa de dormida.

— E...

— Era Glorinha. A outra, logo em seguida, veio, mais nua que vestida... Era Cora.

— As primas? Choquei!

— Para você ver... Para você ver...

CAPÍTULO III: *ANIMA & ANIMUS*

Quem sabe
O Super-Homem
Venha nos restituir a glória
Mudando como um Deus
O curso da história
Por causa da mulher
Gilberto Gil
(*Super-Homem, a canção*)

Estávamos eu e Samuel bebericando lá por casa. Era um fim de semana imprensado. Na época a Covid-19 estava na nossa cola. Houve uma semana em que nem tivemos folgas. Naquele dia estávamos compensando. Coloquei uma das minhas músicas preferidas no toca-CDs, peça que acho só eu ainda possuo do pessoal da minha geração.

Um dia, vivi a ilusão
De que ser homem bastaria
Que o mundo masculino
Tudo me daria
Do que eu quisesse ter

Eu tinha fechado os olhos para curtir melhor a canção. Samuel comentou:

— Essa canção, quando eu ouço, me bate uma melancolia...

— Será que é pela dolência dela? Digo, pelo ritmo mais lento, afeito às reflexões?

— Talvez. Também, mana, hoje é só bate-estaca, forrós que perpetuam atitudes agressivas, gente sem controle, falam em pegar as "novinhas", "encher a cara" da mulherada de cachaça e depois "se aproveitar"das meninas...

Ainda bem que existe um cidadão brasileiro chamado Gilberto Passos Gil Moreira...

— Quem?

— É o nome todo dele.

— Ah! Não sabia. Nome de doutor...

— Na real? Ele é um doutor em Música. E que poeta!

— Claro! Meu amor, ele já embalou muitos amores e desamores na minha vida...

— Mesmo? Conta aí...

— Olha! Ativei o nível dez de curiosidade da "senhora", hem?

— Conta logo!

— Tá bom, tá bom.... Lembra daquele meu affaire com o médico goiano? Um novinho, de olhos verdes quase translúcidos?

— Bicha quando se apaixona vira poeta...

— E quem nunca? "O amor quando acontece, a gente esquece que foi infeliz um dia..." Lembra dessa, meu amor?

— Hum-hum... Então você, minha flor de Poesia, e o médico goiano, alto, loiro e de olhos verdes translúcidos...

— Esse mesmo! Ah! que saudades do Sandrão!

— Não! Bicha, pare somente pare! Até já sei qual é a música!

Levantei-me e fui até o toca-CDs. A voz de Gil tomou conta do espaço, límpida, fulgurante, melancólica.

O amor da gente é como um grão
Uma semente de ilusão
Tem que morrer pra germinar
Plantar nalgum lugar
Ressuscitar no chão
Nossa semeadura
Quem poderá fazer
Aquele amor morrer!
Nossa caminhadura
Dura caminhada
Pela estrada escura

Quando me virei, Samuca estava chorando.

— Ainda por causa do Sandrão? Amor de pica, hem?

— Talvez. Ah! Meu amor, a gente é assim mesmo: chora pelo que perdeu, chora também pelo que não tem ainda. Somos umas bananas choronas...

Drão!
Não pense na separação
Não despedace o coração
O verdadeiro amor é vão
Estende-se infinito
Imenso monolito
Nossa arquitetura
Quem poderá fazer aquele amor morrer
Nossa caminhadura
Cama de tatame
Pela vida afora

Samuca limpou as lágrimas e observou, certeiro:

— *O verdadeiro amor é vão.* Essa é a coisa mais certa que o poeta já disse. Vão do verbo "ir", assim como vão, no sentido de ser tudo em vão, de não valer mesmo, seja chorar, seja brigar por um amor, já que ele é vão...

— E, no entanto, filho, choraste...

— Quem nunca?

— Talvez aquela melancolia de que falaste antes tenha a ver com a questão da *anima*...

— Como assim? Explique-se "doutora" Cidinha!

— Calma! Vamos aos oráculos...

— Misericórdia! Vai baixar algum santo agora? Pé de pato, mangalô mil vezes!

Rimos muito da palhaçada do Samuca. Depois eu falei:

— A coisa é séria, biba. Só lembrando um pouco das aulas de Psicologia da faculdade. Vamos lá: "Carl Jung postulou uma estrutura inconsciente que representa a parte sexual oposta de cada indivíduo; ele denomina tal estrutura de Anima no homem e Animus na mulher. Esta estrutura psíquica básica funciona como um ponto de convergência para todo material psíquico que não se adapta à autoimagem consciente de um indivíduo como homem ou mulher. Portanto, na medida em que uma mulher define a si mesma em termos femininos, seu animus vai incluir aquelas tendências e experiências dissociadas que ela definiu como masculinas. Todo homem carrega dentro de si a eterna imagem da mulher, não a imagem desta ou daquela mulher em particular, mas uma imagem feminina definitiva. Esta imagem é... marca ou 'arquétipo' de todas as experiências ancestrais do feminino, um depósito, por assim dizer, de todas as impressões já dadas pela mulher...Uma vez que esta imagem é inconsciente, ela é sempre inconscientemente projetada na pessoa amada e é uma das principais razões ou aversões apaixonadas."

Samuel ficou calado, de boca aberta, a me olhar. Fiz graça com a cara dele.

— Em boca fechada não entra mosca...

Ele apenas me olhou e disse:

— A "senhora" é admirável, lhe digo. Lembrou de tudo isso agora?

— Nada! Bobinha... Colei aqui do Google...

— Quem não cola...

— Não sai da escola. Mas ouve mais: "*Anima* é uma palavra originada do latim e foi originalmente usada para descrever ideias como respiração, alma, espírito ou força vital. Jung começou a usar o termo no início dos anos 20 para descrever o lado feminino interno dos homens. Um bom exemplo da *Anima* como uma figura interior da psique masculina é encontrado nos feiticeiros e profetas (xamãs) dos esquimós e de outras tribos árticas. Alguns chegam mesmo a usar roupas femininas, ou seios desenhados nas roupas, de modo a evidenciar o seu interior feminino, que lhes vai permitir entrar em contato com 'o país dos espíritos' (isto é, com o que chamamos inconsciente)."

— Prossiga. Depois eu comento. Está muito interessante esse papo.

— Vamos lá: "*Animu*s é originário do latim, em que era usado para descrever ideias como alma racional, vida, mente, poderes mentais, coragem ou desejo. No início do século XIX, *animus* era usado para significar 'temperamento' e era tipicamente usado em um sentido hostil. Em 1923, começou a ser usado como um termo na psicologia junguiana para descrever o lado masculino das mulheres."

— Deixa ver se eu entendi direito: *Anima* é "o lado feminino interno dos homens"; já *Animus* é "o lado masculino das mulheres". E, cara "doutora", onde é que nós, que estamos no entrelugar, no não lugar, em lugar nenhum, enfim, nós que somos coluna do meio, onde diabos é que nos identificamos?

— Vou precisar explanar um pouco mais sobre o assunto. Posso?

— Estás esperando o quê? Aplausos? Clap-clap.

— Então, vamos lá: "Jung acreditava que o desenvolvimento da ânima possui quatro níveis distintos, os quais em 'A psicologia da transferência' ele nomeou *Eva*, *Helena*, *Maria* e *Sofia*. Em termos gerais, todo o processo de desenvolvimento da ânima em um homem é sobre o sujeito masculino que se abre à emocionalidade."

— Hum... Fale-me de "Eva".

— "Ela se trata do surgimento do objeto de desejo de um homem. A ânima está completamente ligada à mulher como fornecedora de alimento, segurança e amor, puramente biológica num sentimento de posse. O homem nesse nível de *anima* não pode funcionar bem sem uma mulher e é mais provável que seja controlado por ela. Ele é frequentemente impotente ou não tem desejo sexual."

— Nossa! Castradora, hem? E "Helena"?

— "Faz alusão a Helena de Troia na mitologia grega. Esta fase ainda é dominada pelo Eros sexual, mas ganha dimensão romântica e estética e nela as mulheres são valorizadas em sua individualidade, vistas como capazes de sucesso mundano e de serem autossuficientes, inteligentes e perspicazes, mesmo que não sejam totalmente virtuosas. Esta segunda fase pretende mostrar uma forte cisma nos talentos externos (negócios cultivados e habilidades convencionais) com falta de qualidades internas (incapacidade para a virtude, falta de fé ou imaginação)."

— Temos mais quem?

— Maria e Sofia. Posso? Lá vai: Maria tem a ver com o aspecto da Teologia cristã, com a Virgem Maria, a mãe de Jesus. Aqui o "Eros passa a ser devocional e espiritualizado, atingindo valor religioso. As mulheres agora podem parecer como possuindo virtude pelo homem que as percebe (mesmo que de maneira esotérica e dogmática), na medida em que certas atividades consideradas conscientemente não virtuosos não podem ser aplicadas a ela."

— Entendi... As famosas "santinhas do pau oco"!

— E chegamos à Sofia: essa foi 'nomeada' segundo a palavra grega para sabedoria. A integração completa ocorreu agora, o que permite que as mulheres sejam vistas e relacionadas como indivíduos particulares que possuem qualidades positivas e negativas. O aspecto mais importante deste nível final é que, como sugere a personificação 'Sabedoria', a anima agora é desenvolvida o suficiente para que nenhum objeto possa conter total e permanentemente as imagens com as quais está relacionada."

— Hum! Sei... E quanto ao tal *Animus*?

— Olha só, "Jung se concentrou mais na anima do homem e escreveu menos sobre o animus da mulher. Jung acreditava que toda mulher tem um animo análogo em sua psique, sendo este um conjunto de atributos e potenciais masculinos inconscientes. Ele via o *animus* como sendo mais complexo que a *anima*, postulando que as mulheres têm uma série de imagens de *animus*, enquanto a *anima* masculina consiste apenas em uma imagem dominante. Jung afirmou que existem quatro níveis paralelos de desenvolvimento do *animus* em uma mulher: Homem de mero poder físico (O *animus* 'aparece pela primeira vez como uma personificação do mero poder físico — por exemplo, como um campeão atlético ou homem musculoso, como 'o herói fictício da selva Tarzan'), Homem de ação ou romance ('possui iniciativa e capacidade de ação planejada...o homem romântico — o poeta britânico do século XIX Byron; ou o homem de ação — o americano Ernest Hemingway, herói de guerra, caçador, etc.' Homem como professor, clérigo, orador ('o *animus* se torna o verbo, aparecendo frequentemente como professor ou clérigo ... o portador da palavra — Lloyd George, o grande orador político'). O homem como guia espiritual ('Finalmente, em sua quarta manifestação, o animus é a encarnação do significado. Nesse nível mais alto, ele se torna (como a anima) um mediador da profundidade espiritual.'

— Acho que chega, né? E você, amiga, em que escaninho dessas classificações se encaixaria?

Parei para olhar o copo vazio, depois olhei para Samuca.

— Seriamente? Nenhum deles. Eu sempre tive a intuição de que tinha uma alma feminina. Mas, como tu mesmo disseste, como é que a gente ia falar disso, se vivia num mundo terrivelmente castrador, numa sociedade que era ainda mais machista que a de agora? Eu fui um menino muito ensimesmado. Muito mesmo! Sabe aquela brincadeira antiga de "trinta e um, alerta?" Todos se engajavam nela. Até mesmo eu. Meu local preferido para me esconder, meu esconderijo perfeito era o armário da minha tia. Lá eu e minha prima ficávamos. Trancados, paradinhos, a respiração presa, tensos. Os outros achavam que rolava alguma sacanagem lá entre a gente... Claro que não! Eu não tinha a ideia clara da minha sexualidade, ainda não. Mas, intuitivamente, eu sabia que minha preferência não seria por meninas. Mas eu amava ficar oculto naquele armário cheio de vestidos de minha tia, com aquele cheiro de sândalo que emanava de algumas roupas, as ondulações dos tecidos quando nos mexíamos minimamente. Parece que eu via os vestidos cobrirem os corpos das mulheres, os tecidos ganharem vida. Ah! Eram tantos tipos de tecidos que habitavam aquele armário... Uma tempestade de cores diante dos meus olhos extasiados. Parece que eu estava ouvindo a prima Cora contar da vez que ela foi com um dos nossos tios em uma grande loja de tecidos: "... nosso destino era a afamada Casa Madrid, por recomendação explícita de Vó Maria — e ai de meu tio que fosse desobedecer tal mandado e, por norteamento dele mesmo, ir aviar os tecidos, por exemplo, numa loja como 'A Protetora dos Pobres', que também vendia tecidos na cidade, mas que era conhecida por vender mais chita e outros tecidos menos nobres; isso iria render um estremecimento entre os dois, com mais consequências para ele, que iria ouvir por ao menos um mês poucas e boas de minha avó. Entramos na loja. Como posso descrever meu alumbramento? Como poderia, e com quais palavras registrar tal embevecimento diante daquele cenário? Sim, acho que essa é de fato a palavra adequada àquele momento ímpar, que ainda hoje guardo na lembrança: embevecimento.

Para uma menina vinda lá dos cafundós da colônia (foi assim que ouvi meu tio se referir a mim, quando falava com o dono, o senhor Persi, um espanhol muito falante e simpático, calvo, de largas costeletas e um bigodão: 'Ela veio da colônia hoje. Nunca tinha saído. Primeira vez na cidade, imagine como como deve estar se sentindo...'), um bichinho do mato arredio, vinda lá das brenhas, aquilo ali era Paris, que eu só ouvira falar. Uma Paris de belezas em pleno trópico, e diante dos meus olhos imberbes de lindezas, tão descostumados às cores, fartos da pasmaceira e do tédio cotidianos. Era um deslumbre de cores que, na minha ótica, iam se misturando umas às outras, como se um pintor invisível, transcendental, as estivesse testando e mesclando-as em sua enorme paleta de cores. Peças enormes de tecidos os mais diversos pendiam de alto a baixo dos paredões da loja, que tinha prateleiras que ocultavam as paredes, tantas eram, e onde podia se ver, acreditava eu, todas espécies de tecidos produzidos no mundo. Cada peça de tecido estava devidamente acomodada em uma prateleira, conforme seu naipe: algodão, cetim, sedas, gabardines, musselines, Oxford etc.

Diante da minha pequenez de menina do interior, aquelas prateleiras pareciam se multiplicar infinitamente, como se estivessem indo ao encontro do céu, como na história da Bíblia que Vó Maria costumava contar, aquela da Torre de Babel. Sim, definitivamente a mim aquela loja se assemelhava a uma torre infinda de tecidos.

Enquanto meu tio estendia o papel com sua pequena lista de pedidos e era atendido pelo dono do estabelecimento, o dito senhor Persi, deixa estar que eu vi uma chance de enveredar por aqueles corredores de tecidos, caminhos perfumosos — amava aquele cheiro de coisa nova, que parecia se espalhar pelo corpo quando vestia uma roupa — e multicoloridos, com azuis de um lado, verdes de outro, e assim ia se bifurcando as veredas da loja em seus mostruários de tecidos: vermelhos, cinzentos, alaranjados, sépia, rosas, marrons, amarelos, roxos, vinho... Mais, muito mais: fundos brancos com bolinhas vermelhas; fundos vermelhos com bolinhas brancas; fundos brancos com bolinhas pretas, tipo o vestidinho da Dona Baratinha (*Quem quer casar com a senhora baratinha/ Que tem fita no cabelo e dinheiro na caixinha*); branco indevassável; branco-gelo; preto fechado (estilo luto); pastel; verde-oliva; verde-musgo; verde-esmeralda; azul-marinho; azul-celeste... Outras e outras mais: estampas com motivos tradicionais, floridas, meu Deus de minha alma, como dizia Vó Maria, tanta coisa!"

Enfim, era assim que me sentia, quando estava escondido naquele armário – metáfora dos meus medos de então e (por que não dizer?) dos meus sonhos de ser uma "Cinderela" vestindo um daqueles vestidos. Sonho impossível na época, né mesmo?

Samuca deu um suspiro.

— Uma vez até ocorreu um episódio engraçado comigo. Era a mesma brincadeira, de esconde-esconde. Eu era bom nessa história de me esconder. Mas dessa vez não fui para o armário, porque um primo e uma prima se enfurnaram logo lá. Claro que eles estavam a fim de sacanagem! Fui parar numa espécie de closet, um quarto de trocar de roupa, lá pelos fundos da casa. Ali me entoquei atrás de uma pilha de roupas, que estavam para ser passadas. Do meu lado havia uma lingerie, acho que era uma combinação, roupa de baixo que as mulheres usavam. Senti um frisson danado quando vi a peça ao meu lado. Estava escuro. Vesti, tremendo de medo. Agachei-me e fiquei aguardando o caçador da brincadeira ir tentar localizar a gente. Passou, passou e nada. Acho que fui me encostando naquelas roupas cheirosinhas e acabei dormindo por lá. Quando ouvi um barulho, me assustei. Era uma das minhas tias que estava trocando de roupas. Ela estava somente de calçola e sutiã. Ao acender a luz do ambiente, ela me assustou. Então me viu com a lingerie. Pensei assim: vou tomar bronca. Esperei. Ela veio até mim, passou a mão na minha cabeça, tirou a tal combinação que eu estava usando e me mandou sair de lá.

— A "senhora" e suas histórias...

— Outra vez foi mais trágico, ao menos para mim. Eu tinha uma boneca, sabe, estilo bruxinha de pano? Pois é. Brincava escondido com ela. Enquanto toda a meninada estava nos barulhos intermináveis das brincadeiras de rua, eu ficava lá pelos fundos da casa, oculto nas sombras com a minha Bruxinha Azul. Ela se chamava Meméia. Pois nesse dito dia, sei lá por qual razão, o cachorro da casa, que sempre ficava preso, se soltou. E adivinha quem ele encontrou tentando ser feliz do seu jeito, brincando nas sombras? Eu mesmo! O desgraçado veio com furor para cima de mim, mas não era a mim que ele queria morder, não. O maldito queria mesmo era a bruxinha. Resultado: ele estraçalhou a Meméia! Acho que eu passei uma semana chorando aquela perda. Para todo mundo que me via daquele jeito, minha avó, que eu chamava de Vó Maria, dizia que era "manha" ...

CAPÍTULO IV: OS ENFERMEIROS

"Parece-lhe então que o que se deu comigo em 1860, pode entrar numa página de livro? Vá que seja, com a condição única de que não há de divulgar nada antes da minha morte. Não esperará muito, pode ser que oito dias, se não for menos; estou desenganado. Olhe, eu podia mesmo contar-lhe a minha vida inteira, em que há outras cousas interessantes, mas para isso era preciso tempo, ânimo e papel, e eu só tenho papel; o ânimo é frouxo, e o tempo assemelha-se à lamparina de madrugada. Não tarda o sol do outro dia, um sol dos diabos, impenetrável como a vida. Adeus, meu caro senhor, leia isto e queira-me bem; perdoe-me o que lhe parecer mau, e não maltrate muito a arruda, se lhe não cheira a rosas. Pediu-me um documento humano, ei-lo aqui. Não me peça também o império do Grão Mogol, nem a fotografia dos Macabeus; peça, porém, os meus sapatos de defunto e não os dou a ninguém mais."

*****

Lá estávamos de novo no Clube de Leitura "Na Veia", em mais uma sessão de biblioterapia online. Eu só queria saber onde aquilo tudo ia chegar. Bom, se o clube havia ajudado alguém, essa pessoa era a Lívia, a psicóloga. Porra! Como nunca pensei nisso antes? Essa filha de uma puta está trepando com alguém daqui desse clube! Olha esse cabelo. Que brilho! A porra da pele da puta, gente! Não acredito: ela está pegando alguém, com certeza. Nenhum *Botox* no mundo causa essa cara nojenta de felicidade na pessoa. Não mesmo! Aí tem! Nesse mato tem coelho, e ele não é caolho, definitivamente, não. Já me disseram que a felicidade é como a gota de orvalho, mas essa senhora psicóloga está que é um lago de felicidade; um lago nada, está que é um rio... Melhor: essa senhora psicóloga está mesmo é um Mar de Felicidade, e a filha de uma puta ainda ostenta isso, assim na nossa cara!

*****

“Já sabe que foi em 1860. No ano anterior, ali pelo mês de agosto, tendo eu quarenta e dois anos, fiz-me teólogo — quero dizer, copiava os estudos de teologia de um padre de Niterói, antigo companheiro de colégio, que assim me dava, delicadamente, casa, cama e mesa. Naquele mês de agosto de 1859, recebeu ele uma carta de um vigário de certa vila do interior, perguntando se conhecia pessoa entendida, discreta e paciente, que quisesse ir servir de enfermeiro ao coronel Felisberto, mediante um bom ordenado. O padre falou-me, aceitei com ambas as mãos, estava já enfarado de copiar citações latinas e fórmulas eclesiásticas. Vim à Corte despedir-me de um irmão, e segui para a vila.”

*****

Não... Eu preciso fofocar com alguém. Justamente hoje o Samuca está no outro hospital, de plantão até o meio-dia. Olha só o riso da puta da Lívia... Cara de quem foi bem comida, aposto. Quem será esse que foi ao fundo do poço, bebeu toda a água e ainda trouxe o tesouro à tona? Estou bege e arco-íris. Tudo ao mesmo tempo, agora. Mas espere aí... Vou mandar uma mensagem pro Samuca... De repente ele sabe do babado. Aqui tem coisa! Ah! Se tem, tem sim!

*****

“Chegando à vila, tive más notícias do coronel. Era homem insuportável, estúrdio, exigente, ninguém o aturava, nem os próprios amigos. Gastava mais enfermeiros que remédios. A dois deles quebrou a cara. Respondi que não tinha medo de gente sã, menos ainda de doentes; e depois de entender-me com o vigário, que me confirmou as notícias recebidas, e me recomendou mansidão e caridade, segui para a residência do coronel.

Achei-o na varanda da casa estirado numa cadeira, bufando muito. Não me recebeu mal. Começou por não dizer nada; pôs em mim dois olhos de gato que observa; depois, uma espécie de riso maligno alumiou-lhe as feições, que eram duras. Afinal, disse-me que nenhum dos enfermeiros que tivera, prestava para nada, dormiam muito, eram respondões e andavam ao faro das escravas; dois eram até gatunos!

— Você é gatuno?

— Não, senhor.

Em seguida, perguntou-me pelo nome: desse-lo e ele fez um gesto de espanto. Colombo? Não, senhor: Procópio José Gomes Valongo. Valongo? achou que não era nome de gente, e propôs chamar-me tão somente Procópio, ao que respondi que estaria pelo que fosse de seu agrado. Conto-lhe esta particularidade, não só porque me parece pintá-lo bem, como porque a minha resposta deu de mim a melhor ideia ao coronel. Ele mesmo o declarou ao vigário, acrescentando que eu era o mais simpático dos enfermeiros que tivera. A verdade é que vivemos uma lua de mel de sete dias."

*****

ALCIDES:
"Samuca, tu tá sabendo de algum babado da Lívia com alguém do hospital? Bicha, olha lá, não me esconda nada!"
SAMUCA:
"Bom dia, né meu amor? Dormiu com esse meu corpo gostoso e quentinho do teu lado? Não, né? Então pelamordi... O que tem já a Lívia Bumbum?"
ALCIDES:
"Lívia Bumbum? Ah! Essa eu não sei... Vem cá, eu tô virando bicha corna nesse cabaré? Ninguém me conta nada! Caralho, serei eu mesma a última a saber?"
SAMUCA:
"Sem drama, meu amor. Até porque você não tem perfil de Hamlet... Não se arrete, *Mon Amour*. Coisa do passado. Dizem que, quando ela começou no hospital, foram ver o uniforme padrão da doutora Lívia. Como ela é, digamos, fora do padrão, especialmente no item bunda, né mesmo, biba? Não houve bata e nem calça branca que vestisse a mulher. Te juro! Foi feito pedido especial. Segundo o bofe da lavanderia que eu pegava, antes do Sandrão, é coisa de mais de metro a bunda dessa senhora!"

*****

"No oitavo dia, entrei na vida dos meus predecessores, uma vida de cão, não dormir, não pensar em mais nada, recolher injúrias, e, às vezes, rir delas, com um ar de resignação e conformidade; reparei que era um modo de lhe fazer corte. Tudo impertinências de moléstia e do temperamento. A moléstia era um rosário delas, padecia de aneurisma, de reumatismo e de três ou quatro afecções menores. Tinha perto de sessenta anos, e desde os cinco toda a gente lhe fazia a vontade. Se fosse só rabugento, vá; mas ele era também mau, deleitava-se com a dor e a humilhação dos outros. No fim de três meses estava farto de o aturar; determinei vir embora; só esperei ocasião.

Não tardou a ocasião. Um dia, como lhe não desse a tempo uma fomentação, pegou da bengala e atirou-me dois ou três golpes. Não era preciso mais; despedi-me imediatamente, e fui aprontar a mala. Ele foi ter comigo, ao quarto, pediu-me que ficasse, que não valia a pena zangar por uma rabugice de velho. Instou tanto que fiquei.

— Estou na dependura, Procópio, dizia-me ele à noite; não posso viver muito tempo. Estou aqui, estou na cova. Você há de ir ao meu enterro, Procópio; não o dispenso por nada. Há de ir, há de rezar ao pé da minha sepultura. Se não for, acrescentou rindo, eu voltarei de noite para lhe puxar as pernas. Você crê em almas de outro mundo, Procópio?

— Qual o quê!

— E por que é que não há de crer, seu burro? redarguiu vivamente, arregalando os olhos."

*****

ALCIDES:
"Conta mais, CNN, Globo News dos pobres! Olha se tu sabes de alguma coisa que eu ainda não sei, vomita logo! Tu não és nem louca de me esconder qualquer coisa, hem? Olha que eu furo teus olhos, bicha traidora!"
SAMUCA:
"Credo! Sai pra lá, bicha vilã de novela do SBTosco! Eu, hem? Calma aí que eu estou apurando, meu amor. Tenho minhas fontes, como tu mesma sabes. Depois me conta o que tá rolando aí na biblioterapia. Em casa eu estou é com uma pia cheia de louças para lavar..."
ALCIDES:
"Tu não me enganas, hem sua cara de merda? Olha lá sua corna! Vou esperar teus informes!"
SAMUCA:
"Calma, baby. Fique fria. Estou em campo. Tenho mais informantes e fontes que a barroca da Glória Maria... E, queridinha, minhas fontes jorram que é uma beleza!"

*****

"Eram assim as pazes; imagine a guerra. Coibiu-se das bengaladas; mas as injúrias ficaram as mesmas, se não piores. Eu, com o tempo, fui calejando, e não dava mais por nada; era burro, camelo, pedaço d'asno, idiota, moleirão, era tudo. Nem, ao menos, havia mais gente que recolhesse uma parte desses nomes. Não tinha parentes; tinha um sobrinho que morreu tísico, em fins de maio ou princípios de julho, em Minas. Os amigos iam por lá às vezes aprová-lo, aplaudi-lo, e nada mais; cinco, dez minutos de visita. Restava eu; era eu sozinho para um dicionário inteiro.

Mais de uma vez resolvi sair; mas, instado pelo vigário, ia ficando. Não só as relações foram-se tornando melindrosas, mas eu estava ansioso por tornar à Corte. Aos quarenta e dois anos não é que havia de acostumar-me à reclusão constante, ao pé de um doente bravio, no interior. Para avaliar o meu isolamento, basta saber que eu nem lia os jornais; salvo alguma notícia mais importante que levavam ao coronel, eu nada sabia do resto do mundo.

Entendi, portanto, voltar para a Corte, na primeira ocasião, ainda que tivesse de brigar com o vigário. Bom é dizer (visto que faço uma confissão geral) que, nada gastando e tendo guardado integralmente os ordenados, estava ansioso por vir dissipá-los aqui. Era provável que a ocasião aparecesse. O coronel estava pior, fez testamento, descompondo o tabelião, quase tanto como a mim. O trato era mais duro, os breves lapsos de sossego e brandura faziam-se raros. Já por esse tempo tinha eu perdido a escassa dose de piedade que me fazia esquecer os excessos do doente; trazia dentro de mim um fermento de ódio e aversão. No princípio de agosto resolvi definitivamente sair; o vigário e o médico, aceitando as razões, pediram-me que ficasse algum tempo mais. Concedi-lhes um mês; no fim de um mês viria embora, qualquer que fosse o estado do doente. O vigário tratou de procurar-me substituto."

*****

SAMUCA:
"Bicha! Babado! Parem as máquinas! Já tenho a manchete de amanhã!"
ALCIDES:
"Fala logo, biba traíra!"
SAMUCA:
"Eu, hem! Assim não conto..."
ALCIDES:
"Fala logo, biba!"

SAMUCA:
"Magoei..."
ALCIDES:
"Fala logo, biba!"
SAMUCA:
"Tá bom... A Lívia Bumbum, segundo minhas fontes murmurantes, está se espojando com um novato da cantina, do refeitório. É da terceirizada, entende? Ah! Essa diaba realiza um sonho meu..."
ALCIDES:
"Ué... Que sonho é esse, biba?"
SAMUCA:
"Hum... A senhora sabe que meu coração é vermelho, né?"
ALCIDES:
"Ué... E daí?"
SAMUCA:
"Não entendeu ainda? Querida, meu sonho é distribuir o afeto que se encerra no meu corpo juvenil para as classes menos abastadas... Só que, snif, a Lívia Bumbum chegou antes..."
ALCIDES:
"KKKKKKK. Não só chegou antes, como tem muito mais a*pproach* e bumbum que você, né mesmo minha santinha do pau oco?"
SAMUCA:
"Fui."

*****

"Vai ver o que aconteceu. Na noite de vinte e quatro de agosto, o coronel teve um acesso de raiva, atropelou-me, disse-me muito nome cru, ameaçou-me de um tiro, e acabou atirando-me um prato de mingau, que achou frio, o prato foi cair na parede onde se fez em pedaços.

— Hás de pagá-lo, ladrão! bradou ele.

Resmungou ainda muito tempo. Às onze horas passou pelo sono. Enquanto ele dormia, saquei um livro do bolso, um velho romance de d'Arlincourt, traduzido, que lá achei, e pus-me a lê-lo, no mesmo quarto, a pequena distância da cama; tinha de acordá-lo à meia-noite para lhe dar o remédio. Ou fosse de cansaço, ou do livro, antes de chegar ao fim da segunda página adormeci também. Acordei aos gritos do coronel, e levantei-me estremunhado. Ele, que parecia delirar, continuou nos mesmos gritos, e acabou por lançar mão da moringa e arremessá-la contra mim. Não tive tempo de desviar-me; a moringa bateu-me na face esquerda, e tal foi a dor que não vi mais nada; atirei-me ao doente, pus-lhe as mãos ao pescoço, lutamos, e esganei-o.

Quando percebi que o doente expirava, recuei aterrado, e dei um grito; mas ninguém me ouviu. Voltei à cama, agitei-o para chamá-lo à vida, era tarde; arrebentara o aneurisma, e o coronel morreu. Passei à sala contígua, e durante duas horas não ousei voltar ao quarto. Não posso mesmo dizer tudo o que passei, durante esse tempo. Era um atordoamento, um delírio vago e estúpido. Parecia-me que as paredes tinham vultos; escutava umas vozes surdas. Os gritos da vítima, antes da luta e durante a luta, continuavam a repercutir dentro de mim, e o ar, para onde quer que me voltasse, aparecia recortado de convulsões. Não creia que esteja fazendo imagens nem estilo; digo-lhe que eu ouvia distintamente umas vozes que me bradavam: assassino! assassino!"

*****

O escritor Jofre Guigar, depois das exposições e da leitura dos trechos do conto "O Enfermeiro", de Machado de Assis, interveio:

— Temos aqui um conflito clássico, típico da literatura machadiana. O enfermeiro contratado — hoje seria um cuidador de idosos — ensaia diversas vezes abandonar o barco diante da rabugice do paciente, o coronel a quem veio cuidar, recomendado por outrem, e sob as bênçãos da Igreja. Nessas idas e vindas da narrativa, nós chegamos aqui ao conflito, ao acontecimento que vai mudar a vida desses dois personagens: o coronel e o enfermeiro. Em mais uma de suas sandices, nessa ocasião, num ímpeto de fúria, o coronel arremessa a moringa na direção do enfermeiro, atingindo-o na face esquerda. Este, também tomado de fúria, olhem aqui o que faz: "tal foi a dor que não vi mais nada; atirei-me ao doente, pus-lhe as mãos ao pescoço, lutamos e esganei-o".

Temos aqui um crime, correto? E um conflito no âmago do ser do enfermeiro, cuja consciência já lhe imputa a pecha de assassino! Vejam o que mais ele diz diante do quadro da morte do coronel:

"Tudo o mais estava calado. O mesmo som do relógio, lento, igual e seco, sublinhava o silêncio e a solidão. Colava a orelha à porta do quarto na esperança de ouvir um gemido, uma palavra, uma injúria, qualquer coisa que significasse a vida, e me restituísse a paz à consciência. Estaria pronto a apanhar das mãos do coronel, dez, vinte, cem vezes. Mas nada, nada; tudo calado. Voltava a andar à toa na sala, sentava-me, punha as mãos na cabeça;

arrependia-me de ter vindo. — 'Maldita a hora em que aceitei semelhante coisa!' exclamava. E descompunha o padre de Niterói, o médico, o vigário, os que me arranjaram um lugar, e os que me pediram para ficar mais algum tempo. Agarrava-me à cumplicidade dos outros homens."

Diante do crime consumado, mesmo que se vendo numa situação-limite, ou seja, levado pelas circunstâncias, o enfermeiro começa a urdir na sua mente as mais esfarrapadas desculpas, empurrando para os outros uma culpa que é somente dele: 'E descompunha o padre de Niterói, o médico, o vigário, os que me arranjaram um lugar, e os que me pediram para ficar mais algum tempo."

Aqui ele mesmo começa a dividir a sua culpa, imputando-a aos outros, embora saibamos que ninguém haja forçado ele a ficar cuidando do sabidamente irascível coronel. E aqui começa o dilema ético e a sombra da culpa a assustar o enfermeiro:

"Como o silêncio acabasse por aterrar-me, abri uma das janelas, para escutar o som do vento, se ventasse. Não ventava. A noite ia tranquila, as estrelas fulguravam, com a indiferença de pessoas que tiram o chapéu a um enterro que passa, e continuam a falar de outra coisa. Encostei-me ali por algum tempo, fitando a noite, deixando-me ir a uma recapitulação da vida, a ver se descansava da dor presente. Só então posso dizer que pensei claramente no castigo. Achei-me com um crime às costas e vi a punição certa. Aqui o temor complicou o remorso. Senti que os cabelos me ficavam de pé. Minutos depois, vi três ou quatro vultos de pessoas, no terreiro espiando, com um ar de emboscada; recuei, os vultos esvaíram-se no ar; era uma alucinação."

Da admissão da culpa ao terror e temor mesmo de ser descoberto, ele começa a ter alucinações, como o personagem admite: "(...) vi três ou quatro vultos de pessoas, no terreiro olhando com um ar de emboscada; recuei, os vultos esvaíram-se no ar; era uma alucinação."

É a partir desse drama desenhado que vamos nos debruçar na leitura final do conto, no nosso próximo encontro virtual. Até lá.

CAPÍTULO V: NO CONDOMÍNIO

Sábado. Condomínio onde o Samuel mora. É um local meio afastado, mas ao mesmo tempo próximo do centro da cidade. Samuca diz sempre que "depende da velocidade que você desenvolve". Ele, por exemplo, ainda que não beba, sempre anda no limite.

— Se Deus quisesse que eu voasse, *honey*, tinha era me dado asas!

Samuca é chegado a essas frases de efeito. Aliás, ele é um frasista emérito. Além de um grande gozador.

— Como dizia uma amiga minha, *bibérrima*: não venha me dizer coisas sem anexo!

Como hoje é sábado, ontem foi dia de pauleira nos trabalhos — é assim mesmo no plural, meus amores — até pelo menos as 18 horas, depois nos largamos numa farra que parecia não ter fim. Do que me lembro é da gente chegando aí por volta de uma da manhã no condomínio, depois do Samuca me ajudando a subir as escadas — meu Deus, por que essa bicha veio morar num condomínio sem elevadores? —, mais tarde me jogando no banheiro, um pouco depois me dando café amargo. Depois eu confesso que apaguei.

— A "senhora" estava muito da louca!

— Como assim?

— Ficava falando uns trechos do Hamlet lá na festinha...

— Que festinha?

— A que nós fomos... Convidados pela Lívia Bumbum! Não vai fazer a Egípcia Esquecida pra cima de mim, não, hem?

— Meu Deus! Juro que não lembro...

— Jura? Mas do beijo de língua deves lembrar...

— Beijo? De língua? Em quem?

— Babado! Tô bege fosco, menina! Não lembra mesmo de nada?

— Nada... Fiz tolice, foi?

— Bom, vejamos...

Então, Samuca sentou-se ao meu lado, e desfiou o rosário de memórias que eu (com minha mente alcoolizada) jamais poderia lembrar-me. Depois que saímos do hospital em que havíamos feito o plantão final da sexta-feira — disso ainda tenho laivos de lembranças — nos dirigimos à minha casa. Lá tomamos banho, fizemos um lanche e ele disse que umas pessoas estavam ligando para ele, propondo irmos para a balada. "Honey! Thanks good its Friday!". Tanto insistiram que acabamos saindo, embora Samuca me conte que eu estava meio "murchinha". Pudera Foram doze horas de trabalho com intervalos de duas apenas.

A nossa primeira parada foi num desses barzinhos da moda que é frequentado pela turma dos "etes": modernetes, culturetes, fiquetes e peguetes. Samuca sempre ri dessas minhas observações, que ele diz serem "jocosas" e cheias de veneno, mas quem nunca frequentou um ambiente desses? Toda grande cidade no mundo tem o seu, aposto que sim, no Brasil tem por demais, e Belém do Pará, mesmo sendo tão provinciana para os padrões nacionais, tem o seu. O que você encontra nesses lugares? Às vezes mais do mesmo da imensa fauna humana que a gente vê pela cidade sob o sol intenso de quase quarenta graus; às vezes algumas figuras vampirescas que só saem de casa quando veem o céu bem negro e a noite se anunciar. Enfim, há de tudo nesses espaços. Quando chegamos levei um tempo para me adaptar ao ambiente com seus odores típicos, e ao público que, mesmo com a pandemia ainda em alta, estava ali. Mas, vem cá, nós, enfermeiros, gente da área da saúde, não estávamos lá? Sim, de máscaras etc. Mas estávamos lá! Quando esse pensamento me veio à cabeça, tremi. Ensaiei voltar. Samuca me beliscou. "Segura essa passarinha, biba medrosa! Tá dominado... A gente vai para um ambiente privê!".

E fomos, então. Subimos uma escada tortuosa, dessas em formato caracol, que eu detesto, e chegamos ao piso de cima, que era dividido por espécies de baias, em cujos espaços restritos havia uma mesa quadrada e sofás de dois lugares de um lado e de outro. Uma luminária com uma luz pálida que emanava da parede deixava nossos rostos um tanto lúgubres.

Sentamo-nos. Uma garçonete de máscara com a logomarca do barzinho na frente do artefato veio nos atender. Fizemos nossos pedidos. Duas doses de *gin* fizz e poções de batata frita. Samuca me contou depois que foi ali que começou a minha derrocada. Segundo ele, depois eu fui enfileirando uma dose de *gin fizz* atrás da outra! O telefone do Samuca deu um alerta de mensagem. Eram duas amigas dele. Combinaram de nos encontrar. Chegaram uns vinte minutos depois. A música ambiente era legal. Meio *cool*, verdade, mas era uma trilha sonora bem adequada para a gente bater um papo. O casal de amigos de Samuca era constituído de uma loira com a make de prostituta, que chegou comendo com os olhos uma das garçonetes — daí logo vi qual era a dela no jogo! — e o Brad, um sujeito que fazia o tipo do homossexual afetadíssimo, mas que até por isso mesmo era até divertido — desde que você estivesse bebendo e risse de suas presepadas.

Já Linda, a tal loira com maquiagem de puta, era chata e tinha uma muleta linguística que a fazia se tornar patética. Era um tal de "que tu quisé" pra cá e outro "que tu quisé" pra lá, que chegou uma hora que o copo derramou e eu disse: "Eu quero!". Ela me olhou surpresa, pois se dirigia ao Brad e ao Samuca, mas não perdeu o rebolado. "Pois, então, nóis vamu!". Samuca disse que depois eu fiquei chamando a talzinha de "Linda Quitu", com ela rindo disso no princípio da noite, mas depois ficando desconfiada comigo, devido às gargalhadas que eu dava ao falar com ele, e indicar a pessoa dela. Ele inventou uma história para ela de que eu a achara parecidíssima com uma modelo africana — a nossa "Linda Quitu" era negra — cujo sobrenome era Ketoo, palavra que, em dialeto africano queria dizer "a mais bela da noite". Porra! Somente o Samuca para bolar uma história dessas, e pior: somente uma tapada, analfabeta de pai, mãe e madrinha de batismo como a sujeita para acreditar na tal lorota!

Para onde nós fomos mesmo? Ah! Para uma festinha *privê*. Público no limite: dez pessoas. Foi por lá que nos deparamos com a Lívia Bumbum e seu *gatíneo*, que se chamava Roberval. Samuca disse que, depois, cheio de dedos e malícia, eu dizia assim: "Roberval rima com miau...". Não acredito que dei esse vexame! Haja mais álcool instilado na minha pessoa: vodca, uísque barato, cachaça tipo exportação. Samuca disse que eu falava bem alto: "Foda-se o mundo, que eu não me chamo Raimundo, mas Alcides, e minha vida sou eu quem decide!".

Acho que foi nesse limiar da loucura alcoólica que eu enfiei a língua em duas bocas: segundo Samuca, primeiro foi um beijaço na Miss Quitu — credo, gente! Ainda bem que não lembro dessa merda que fiz — e depois na Lívia, após passar as mãos nos peitos dela! Como todo mundo estava pra lá de Bagdá e a caminho de Marrakech, com um pouso forçado na Tonga da Mironga do Kabuletê, o mais que fizeram foi achar muita graça da minha performance hetero. O que veio daí por diante, juro que não me lembro mesmo. Samuca diz que fomos parar num tal de "Bar da Vala", conduzidos por Miss Quitu e Brad, e acompanhados de Lívia Bumbum e Roberval, e que certa hora eu disse, olhando já bem bêbada para Miss Quitu e Miss Bumbum: "Bumbum quitu bumbum prugurundum", o que fez os outros da mesa, já também com os cérebros embotados pelo álcool, rirem pelas duas horas seguidas, quando me pediam e eu repetia a "gracinha".

*****

Sempre ouvi dizer que o melhor da festa eram os comentários feitos e as histórias contadas depois da festa. Foi assim comigo e com o Samuca, diante daquelas reminiscências escabrosas que narrei antes. Depois que almoçamos, lavei a louça e fui encontrar o Samuel fumando na sacada do apartamento.

— Nem sabia que a "senhorita" tinha voltado a fumar...

— Nem eu... Sei lá... deu vontade, sabe? Tinha um cigarro por aí... Acendi. Quando eu fumava parecia que as ideias, as coisas clareavam para mim. Pelo menos eu achava isso, antes, claro. Então, enquanto a "senhora rainha do baile" ...

— Rainha do escândalo, queres dizer...

— Que seja! Refazendo a frase: enquanto a "senhora Escândalo" estava em seus afazeres domésticos, cá ficou o Samuquinha a batucar seus neurônios e pensar nesses tempos estranhos que estamos vivendo...

— Bota estranho nisso!

— Diz a bicha que beijou duas bocas na balada, sem saber qual a origem daqueles perdigotos que engoliu...

— Jesus! Maria! José! Não é que é mesmo isso?

— Fora que a Miss *Scandalous* ainda bebeu em copos que outras bocas haviam pousado suas línguas...

— Jesus! Maria! José! Tô fodida! Será que fui contaminada?

— Não é você mesma que diz que mais vale um gosto regalado do que dois tostões no bolso? Aliás, queridinha, que frase mais demodê!

— Não brinca! Não tenho emocional para essa doença...

Ficamos calados, quietos. Samuel soltou uns anéis de fumaça pelo ar. A fumaça evolou rapidinho. Ele voltou a falar.

— Sabe no que estou pensando? Bom, numa infinidade de coisas, tantas e tantas, enfim. Mas, me veio de manhã uma ideia, um pensamento. Primeiro a respeito aqui do condomínio. Por exemplo, agora, a esta hora da tarde, depois do almoço. Quantos estarão dormindo, neste sábado quieto, tirando sua sesta, sozinhos ou acompanhados? Quantos e quantas estarão fodendo — é essa mesma a palavra: odeio o eufemismo e a falsidade, a hipocrisia de "fazer amor" — também aproveitando a quietude da tarde?

— Você está filosófico, meu amor e amigo querido.

— Pode ser. Talvez sim, talvez não. Sabe por que eu digo isso? Quantas dessas pessoas ocultas por trás dessas janelas fechadas, ensimesmadas em seus silêncios, orando às vezes por alguém que está muito doente, sobreviverão a essa doença chamada Covid-19? Nós não sabemos, nem temos a mínima ideia de quais dores essas pessoas estão passando, passaram ou passarão.

— Verdade! Mas, olha, às vezes as nossas dores já não conseguimos suportar.

— Talvez esse seja o mal do mundo de hoje. Pouca gente se importa com a dor do outro. Sabe a história do "fazer o Bem sem olhar a quem?". Foi para a lata do lixo! O mundo de hoje a mim parece um gigantesco escárnio; parece que abriram as portas do Inferno e deixaram afluir para a superfície da terra as piores criaturas do mundo!

— Não seja tão pessimista, Samuca...

— Como não ser? A realidade está entrando pelo olho cego, você consegue ver isso? Não é ser pessimista, meu bom amigo, minha biba favorita... É que nós, que trabalhamos com vidas no nosso dia a dia, pelo menos assim eu penso, devemos ter essas reflexões, embora veja pouca gente fazendo isso. Lidamos com vidas, não com números. Tratamos de existências, não de itens numa lista. Vivemos com pessoas que importam para muitas outras, sabe? Eu escolhi essa profissão exatamente por isso: eu sempre quis lidar com gente, ajudar as pessoas a se reerguerem quando algum mal as abatesse...

— Lindo pensamento esse! Eu também penso dessa maneira.

— Ótimo! Também não seríamos amigos se não houvesse essa convergência de ideias, né mesmo?

— Claro! Você é o meu amigo/amiga amada, quase amante...

— Sai pra lá! Eu hem?

— Calma! Ah! Temos aquele trabalho para fazer, né? Terminar a leitura do conto "O enfermeiro", do Machado de Assis, anotar algumas reflexões sobre ele para a próxima sessão de biblioterapia. Vamos lá?

*****

Então lá fomos nós atrás de "O Enfermeiro", do Machado de Assis. A primeira vez que falei isso para o Samuca, ele riu muito.

— O enfermeiro do Machado...

— Que é que tem?

— Não atinaste com a coisa? O enfermeiro do Machado... Parece que estamos falando de uma pessoa viva, que esteja bem aqui do nosso lado.

— Quanta imaginação!

Ele riu de novo.

— Meu amor, se é pra imaginar, deixa comigo. Também, nessa vida fodida que levamos, numa eterna corrida de ratos atrás do naco de queijo, como não ser ao menos imaginativo, para que não fiquemos loucas?

— Tens razão. Acho que eu estou muito com o pé no chão. Ando sem olhar as estrelas.

— Sempre é bom. Olhar as estrelas, digo. Eu, quando faço isso, me sinto de duas formas: uma, integrado a esse sistema solar, às coisas do mundo, mesmo que sabendo que eu sou um mínimo grão de poeira de estrelas. A outra é que, ao me sentir assim, o mínimo múltiplo comum, eu me recarrego da presença divina que eu creio que haja dentro de cada um de nós.

Calei-me. Fiquei a observar Samuel. Muitas vezes a gente vive um bocado de tempo ao lado de outra pessoa e nunca a conhece bem, a não ser com a convivência. Estava me sentindo assim ali diante do Samuca. O raciocínio era permeado por imagens e referências até líricas. Quase eu dizia para ele: meu poeta! Ou: minha biba poeta! Ele iria chistear comigo, aposto. É do temperamento dele esse tipo de coisa. Samuca tem um pé na Poesia e outro no sarcasmo. Ora pode estar a ouvir estrelas, pouco tempo depois lendo piadas antigas num velho almanaque desses do tempo de nossos avós.

*****

"Tudo o mais estava calado. O mesmo som do relógio, lento, igual e seco, sublinhava o silêncio e a solidão. Colava a orelha à porta do quarto na esperança de ouvir um gemido, uma palavra, uma injúria, qualquer coisa que significasse a vida, e me restituísse a paz à consciência. Estaria pronto a apanhar das mãos do coronel, dez, vinte, cem vezes. Mas nada, nada; tudo calado. Voltava a andar à toa na sala, sentava-me, punha as mãos na cabeça; arrependia-me de ter vindo. — "Maldita a hora em que aceitei semelhante coisa!" exclamava. E descompunha o padre de Niterói, o médico, o vigário, os que me arranjaram um lugar, e os que me pediram para ficar mais algum tempo. Agarrava-me à cumplicidade dos outros homens.

Como o silêncio acabasse por aterrar-me, abri uma das janelas, para escutar o som do vento, se ventasse. Não ventava. A noite ia tranquila, as estrelas fulguravam, com a indiferença de pessoas que tiram o chapéu a um enterro que passa, e continuam a falar de outra coisa. Encostei-me ali por algum tempo, fitando a noite, deixando-me ir a uma recapitulação da vida, a ver se descansava da dor presente. Só então posso dizer que pensei claramente no castigo. Achei-me com um crime às costas e vi a punição certa. Aqui o temor complicou o remorso. Senti que os cabelos me ficavam de pé. Minutos depois, vi três ou quatro vultos de pessoas, no terreiro espiando, com um ar de emboscada; recuei, os vultos esvaíram-se no ar; era uma alucinação."

Interrompi a leitura de Samuca.

— Amigo, sabes que agora, te ouvindo ler esse trecho do conto, deu em mim uma saudade da infância, uma dorzinha de perda aqui no peito. Saudades de Vó Maria...

— Ué... Qual a razão?

— Olha só: já te disse que Vó Maria era semianalfabeta, né? Mas gostava de ler e muito! E ela fazia um exercício com a gente, ao menos comigo e com a prima Cora. Era assim: ela nos dava a Bíblia para cada um ler em silêncio o trecho escolhido. Depois teríamos que ler em voz alta.

— Legal! Uma boa pedagogia...

— Só se fosse a Pedagogia do Pião Roxo...

— Como assim?

— Pois sabes que a gente ia lendo, aqui e ali tropeçando numa sílaba, numa palavra que não sabia como pronunciar. Pois era capengar na leitura e lá vinha uma cipoada de pião roxo!

— Amiga, então, você me desculpe, mas isso é coisa de masoquista!

— Ah! Pode até ser... Sei lá. Mas que deu saudade, ah! deu e muita. Deixe que eu vou ler um trecho agora.

*****

"(...) Fui até a cama; vi o cadáver, com os olhos arregalados e a boca aberta, como deixando passar a eterna palavra dos séculos: "Caim, que fizeste de teu irmão?" Vi no pescoço o sinal das minhas unhas; abotoei alto a camisa e cheguei ao queixo a ponta do lençol. Em seguida, chamei um escravo, disse-lhe que o coronel amanhecera morto; mandei recado ao vigário e ao médico.

A primeira ideia foi retirar-me logo cedo, a pretexto de ter meu irmão doente, e, na verdade, recebera carta dele, alguns dias antes, dizendo-me que se sentia mal. Mas adverti que a retirada imediata poderia fazer despertar suspeitas, e fiquei. Eu mesmo amortalhei o cadáver, com o auxílio de um preto velho e míope. Não saí da sala mortuária; tinha medo de que descobrissem alguma cousa. Queria ver no rosto dos outros se desconfiavam; mas não ousava fitar ninguém. Tudo me dava impaciências: os passos de ladrão com que entravam na sala, os cochichos, as cerimônias e as rezas do vigário. Vindo a hora, fechei o caixão, com as mãos trêmulas, tão trêmulas que uma pessoa, que reparou nelas, disse a outra com piedade:

— Coitado do Procópio! apesar do que padeceu, está muito sentido."

Samuca falou assim que encerrei a leitura do trecho:

— Olha, aqui a gente tem, penso eu — na minha burrice — o conflito entre o assassinato do velho coronel pelo enfermeiro e a sua consciência o assolando com os remorsos, e o espanto diante dos amigos e conhecidos do velho, que até o elogiam!

— E essa frase tirada dos textos bíblicos: "Caim, que fizeste de teu irmão?". Machado é sempre genial!

— Vamos pro final? Depois desse chororô e da *mise-en-scène* do velório e do enterro do defunto do coronel. Vamos nos encontrar com Procópio ainda às voltas com seus remorsos, mas já no Rio de Janeiro.

"... recebi a carta do vigário, que lhe mostrei, dizendo-me que fora achado o testamento do coronel, e que eu era o herdeiro universal. Imagine o meu pasmo. Pareceu-me que lia mal, fui a meu irmão, fui aos amigos; todos leram a mesma cousa. Estava escrito; era eu o herdeiro universal do coronel. Cheguei a supor que fosse uma cilada; mas adverti logo que havia outros meios de capturar-me, se o crime estivesse descoberto. Demais, eu conhecia a probidade do vigário, que não se prestaria a ser instrumento. Reli a carta, cinco, dez, muitas vezes; lá estava a notícia.

— Quanto tinha ele? perguntava-me meu irmão.

— Não sei, mas era rico.

— Realmente, provou que era teu amigo.

— Era... Era...

Assim por uma ironia da sorte, os bens do coronel vinham parar às minhas mãos. Cogitei em recusar a herança. Parecia-me odioso receber um vintém do tal espólio; era pior do que fazer-me esbirro alugado. Pensei nisso três dias, e esbarrava sempre na consideração de que a recusa podia fazer desconfiar alguma cousa. No fim dos três dias, assentei num meio-termo; receberia a herança e dá-la-ia toda, aos bocados e às escondidas. Não era só escrúpulo; era também o modo de resgatar o crime por um ato de virtude; pareceu-me que ficava assim de contas saldas."

— Mas olha só que filho da puta se tornou esse Procópio! – comentou Samuca.

— Meu amor, bem-vindo à Humanidade!

*****

"As obrigações do inventário distraíram-me; e por outro lado a opinião da vila era tão contrária ao coronel, que a vista dos lugares foi perdendo para mim a feição tenebrosa que a princípio achei neles. Entrando na posse da herança, converti-a em títulos e dinheiro. Eram então passados muitos meses, e a ideia de distribuí-la toda em esmolas e donativos pios não me dominou como da primeira vez; achei mesmo que era afetação. Restringi o plano primitivo: distribuí alguma cousa aos pobres, dei à matriz da vila uns paramentos novos, fiz uma esmola à Santa Casa da Misericórdia etc.: ao todo trinta e dois contos. Mandei também levantar um túmulo ao coronel, todo de mármore, obra de um napolitano, que aqui esteve até 1866, e foi morrer, creio eu, no Paraguai.

Os anos foram andando, a memória tornou-se cinzenta e desmaiada.

Penso às vezes no coronel, mas sem os terrores dos primeiros dias. Todos os médicos a quem contei as moléstias dele, foram acordes em que a morte era certa, e só se admiravam de ter resistido tanto tempo. Pode ser que eu, involuntariamente, exagerasse a descrição que então lhes fiz; mas a verdade é que ele devia morrer, ainda que não fosse aquela fatalidade..."

— E ainda temos aqui essa cereja desse bolo podre que se chama Humanidade, que é o final do conto: "Adeus, meu caro senhor. Se achar que esses apontamentos valem alguma coisa, pague-me também com um túmulo de mármore, ao qual dará por epitáfio esta emenda que faço aqui ao divino sermão da montanha: "Bem-aventurados os que possuem, porque eles serão consolados."

— E, assim, concluímos que... — disse eu olhando para Samuca.

— Viúvo é quem está morto, pois que os vivos querem mais é usufruir dos bens!

Rimos juntos.

CAPÍTULO VI: A CARA DA MORTE

Senhoras e senhores
Trago boas novas
Eu vi a cara da morte
E ela estava viva
Eu vi a cara da morte
E ela estava viva - viva!
Cazuza (*Boas novas*)

De volta ao batente. Muita coisa para se fazer. Trabalho duro. Duríssimo, aliás. Aqueles dias do primeiro semestre de 2020 foram dias para nunca esquecermos. Nunca mesmo. Dias de susto. Dias de agonias. Dias de desespero. Não sei por que, mas por alguma misteriosa sinapse, meu cérebro ativa esses versos de uma canção do Cazuza, lá dos longínquos anos oitenta, quando falo desses acontecimentos:

Eu vi a cara da morte
E ela estava viva
Eu vi a cara da morte
E ela estava viva - viva!

Foi um tempo de vidas e mortes aquele. Não dava para não se sentir despedaçado por dentro, mesmo que por fora tentássemos aparentar a frieza e o absoluto profissionalismo que deveríamos aparentar. Aquela história de que a rainha não deve ser somente honesta, ela deve aparentar ser honesta. As pessoas vinham até nós com suas histórias de vida, com seus amores prostrados aos nossos pés. Alguém balbuciou certa vez, do fundo de uma maca: "Não quero morrer...". Ninguém quer. Ninguém deseja. Mas a ceifadora de felicidades vem e nos leva. Talvez por isso os versos da canção ecoassem tanto nos meus ouvidos.

Eu vi a cara da morte
E ela estava viva
Eu vi a cara da morte
E ela estava viva - viva!

O que se poderia falar para uma pessoa que vinha com alguém querido para que nós o acolhêssemos e o salvássemos: "Salve meu filho, doutor, pelo amor de Deus...". Nem nós, enfermeiros, nem mesmo os médicos, sabíamos um terço do que sabemos hoje sobre o coronavírus. E as pessoas chegando nos hospitais de campanha e nos entregando suas vidas, a nós, míseros ignorantes!

Nem informar a eles algo sobre os pacientes que estavam chegando em estado grave, e logo eram entubados, a gente podia fazer. Fomos proibidos de dar nossos números de telefones pessoais para quem quer que fosse, mesmo que conhecêssemos a pessoa. Ordens superiores. Lembro de uma reunião dessa época, pela manhã, na troca de turnos, com auditório tendo separações dos assentos, ainda assim lotado, em que estavam presentes as autoridades do Estado. Ordens explícitas: nenhuma informação que não fosse a oficial dos boletins médicos. E eu ali vendo a cara da morte ao ir atender as pessoas, aflito como um menino perdido numa floresta de ânsias e angústias.

Os boletins médicos afixados no asséptico quadro de avisos de cor branca, papagaiava duas lacônicas e gélidas palavras: paciente estável. Parecia um duo de palavras monocórdicas repetidas até se exaurirem seus significados: paciente estável paciente estável paciente estável paciente estável paciente estável paciente estável paciente estável. Um tango de duas notas e muitos desafetos. Uma canção de dor e morte.

*****

A expressão acabou por me trazer remotas lembranças dos tempos de faculdade. Era uma aula do professor Aristarco, veterano e famoso mestre de muitas gerações de enfermeiros. Ele discorria sobre aspectos técnicos e éticos da profissão. Eis que, numa respirada que ele dá, durante a aula, em que costumava caminhar entre os corredores de carteiras dos alunos, as quais dispunha com rigor simétrico e distância centimétrica, um dos alunos levanta a mão.

— Professor!

O velho mestre estacou. Olhou para a carteira onde o aluno, um certo Adelson, levantara a mão.

— Pois não, meu jovem!

A essa altura a turma toda já se voltara para o inusitado acontecimento: alguém perguntara algo na aula do professor Aristarco! Adelson pigarreou e soltou o verbo:

— Há uma coisa que me intriga há muito tempo, inicialmente como leigo, agora como acadêmico, e não sei se o senhor, com a sua experiência, poderia me elucidar: é a expressão "paciente estável".

Os bochichos começaram, de lá para cá, daqui para lá. Parecia que estávamos numa imensa árvore cheia de pássaros palradores.

O velho mestre caminhou até sua mesa de trabalho, tirou uma caneta dentre as cinco que carregava no bolso da bata, procurou uma fresta na madeira desgastada do móvel, ali enfiou a caneta de modo que esta ficasse na vertical, ereta. A seguir, tirou os óculos de aro tipo casco de tartaruga, pegou um lencinho de papel, limpou-os meticulosamente, abriu a tampa da pequena garrafa térmica, derramou um pouco de café no copo pequeno de plástico, bebeu o café, e depois perguntou para o Adelson:

— Jovem! Você e os demais alunos e alunas da turma, olhem para esta caneta que afixei no tampo da mesa. Diriam que a posição dela é estável?

Rolou disse me disse pela sala. Zumbidos de todo lado. Adelson pigarreou e disse o seguinte:

— Professor, o senhor me desculpe, mas a mim não parece que este exemplo consiga explicar e dar resposta ao que lhe indaguei... Vejo que a caneta, objeto inanimado, está inerte, portanto, esse a mim parece ser o princípio da inércia, não da estabilidade...

Nem zumbidos, nem bochichos. Silêncio de missa de sétimo dia. Cochichei para o Samuca: "O Adelson acaba de ser reprovado...".

Mestre Aristarco pareceu ter acusado o golpe. Tossiu seguidamente. Depois levantou os olhos para a turma. Mexeu na caneta, deixando-a um pouco torta para a direita. Depois mexeu da mesma forma, agora para a esquerda.

— Na inércia um corpo qualquer não sofre ação de modo algum, correto? Quando dizemos "paciente estável", isso significa, grosso modo, que, este nem apresenta melhoria e nem evolução de malefício que o faça, por exemplo, evoluir para óbito, que, aliás, é a pior evolução para qualquer ser vivo na face da terra!

Debaixo de aplausos e risos, deu por encerrada a aula.

*****

Naqueles dias, hoje, ao mesmo tempo tão distantes quanto próximos demais para a gente já conseguir vê-los com a luneta do tempo, sei lá por qual razão, me vinha à mente o que eu li de Bruce Lee — sim, ele mesmo, o ator e lutador — que diz assim: "O que importa não é o que acontece, mas como você reage". Ao estilo dele, Lee nos dizia, com aquele petardo verbal, que deveríamos primeiro nos lembrar das nossas funções na sociedade, das nossas responsabilidades, para depois pensarmos no aspecto individual. Ah, mas quão difícil era essa tarefa para cada um de nós!

Médicos, enfermeiros, técnicos de enfermagem, outros profissionais iam caindo doentes. Havia, diariamente, extensas filas de novos pacientes chegando para uma criteriosa seleção de quem somente seria medicado e quais os que seriam internados. Alguns chegavam com os sintomas da Covida-19, conforme relato deles e, para sorte de muitos, era apenas uma virose daquelas sazonais e oportunas na região.

Para piorar a situação ainda víamos o senhor presidente da República alardear que a doença era apenas uma "gripezinha", que importante mesmo era todo mundo trabalhar e pôr a locomotiva da economia para funcionar, esquecer a doença que logo passaria. Confesso que, algumas vezes, deitado em minha cama, em casa, pela madrugada, eu me danava a pensar nas situações conflituosas do trabalho cotidiano, nas asneiras ditas pelo paspalho-mor da nação brasileira e seus sinistros asseclas, além dos seguidores, e (juro que era só por um momento!) pedia para que alguém acertasse uma facada "de jeito" na besta maior, ou que um atentado... Assim ia pensando essas bobagens até conciliar o sono, afinal pensar requer ócio e ainda não pagamos imposto de renda sobre operações mentais, né mesmo?

*****

Se algumas madrugadas eram insones e devaneios assassinos, o dia a dia era de muitos, mas muitos mesmos, conflitos. E bote conflito nisso! Estava um dia indo de uma ala de leitos para outra dentro do hospital de campanha, quando o Samuca me chamou pelo zap: "Corre aqui!". Corri sem pensar. Só depois perguntei: "Aqui, aonde Seu Coisinha?"

Era num espaço contíguo ao das refeições. Encontrei ele tentando consolar a Dejanira, uma colega nossa do turno anterior. *Deja*, como a chamávamos, estava inconsolável. Samuca me chamou de lado.

— Fala com ela, por favor; já tentei de tudo.

Assenti que sim para ele.

— Mas preciso, antes de tudo, saber o que houve...

— Uma coisa medonha...

— Fala logo!

Ele me contou, e confesso que até mesmo eu fiquei assustado. Dejanira tinha ido atender a um chamado para dar apoio na fila da triagem. Um casal de jovens, que tossia bastante, e estava sem máscara, foi advertido pelo segurança:

— Por favor, o senhor e a senhora poderiam colocar a máscara?

Os dois olhavam pro segurança e nem aí. A fila ia andando. Lá pelas tantas, depois de umas dez advertências, eles chegaram na mesa onde Deja iria atender a eles. O homem segurou na mão da moça e falou bem alto:

— Eu não vou ser atendido por uma negra! Não tem outra pessoa aqui nessa espelunca que possa me atender, hem?

Sim, Dejanira é o que chamamos de mulata no Brasil, com a cara dura da hipocrisia que o brasileiro possui. Mas, francamente, Dejanira é uma afrodescendente maravilhosa, linda. Pois o filho de uma que ronca e fuça encrespou que só iria sair dali se fosse atendido por uma pessoa "branca". Foi preciso a intervenção da segurança, também da Polícia Militar para retirar ele e a mulher do local. Já viram, né? Bilhões de vídeos pipocaram nas redes sociais com o episódio. Uma tal de Organização Social das Pessoas de Bem (OSPB) publicou uma nota que foi reproduzida por outro tanto de idiotas do mesmo naipe, que exigia uma retratação do governo estadual. Ninguém falava do racismo do filho de uma puta! Por isso Dejanira chorava tanto.

*****

Há algum tempo havia ocorrido algo pior, ou ao menos da mesma dimensão. Sabem o que penso quando testemunho ou tomo conhecimento de algum caso assim? Penso que o Brasil enlouqueceu, aliás, pensava assim de 2018 até pouco tempo. Mas, agora, tenho uma certeza: o Brasil racista, pró feminicídio, homofóbico, autoritário e imbecil, esse sempre existiu. Só estava camuflado de tiozinho da gente, de amigos, de bons velhinhos que jogam xadrez ou dominó na pracinha do bairro e contam piadas nojentas racistas, homofóbicas, misóginas, sem graça, mas que todos riem. E eles passam para a frente essas palavras, essa cultura da aberração, do quanto pior é que é melhor, de que a escravidão foi um "mal necessário" para nosso país evoluir, que na época da Ditadura Militar é que era bom, pois a Educação era nível da Fifa e não havia corrupção. São esses velhos e seus netinhos que abraçam a bandeira dos Estados Unidos como se esse fosse o país deles, e gritam *América First* em caminhadas aos domingos pelas manhãs nas ruas do país, e fazem dancinhas bancando as chacretes decadentes, e defendem que a prostituição é um mal necessário para a sociedade, desde que nem suas filhas e nem netas não sejam garotas de programa, pois isso é uma aberração!

Deixem-me contar então um episódio: certa feita fui chamado pelo Samuca para ir a uma ala de um hospital aí, pois estava rolando um bochicho pesado e eu era delegado sindical na época. Fui. Chegando lá, sabem qual era o problema? Um coroa se recusava que um enfermeiro, homossexual assumido, o atendesse para fazer coleta de sangue e aplicar um medicamento injetável. Alegava o pacato cidadão, munido de seus preconceitos, que o moço enfermeiro, ao qual antes ele dedicara uma montanha de elogios, podia lhe transmitir Aids! Puta que pariu! Corria o ano de 2016 e estávamos naquele período final do impeachment de Dilma Rousseff. O velho se escudava nisso. Dizia que o Brasil ia mudar e muito com a queda dos malditos comunistas do PT, que a transição do poder ia ficar com o Temer, o Michel, um cara de confiança, e depois viria o Capitão para dizimar a corrupção no país, varrer os "esquerdopatas" do território nacional, quem sabe colocá-los num único avião com passagem só de ida para Cuba!

O mimoso netinho da besta-fera septuagenária, um moleque de uns vinte e poucos anos, ria do lado do velhote ensandecido, e dizia: é isso Vô, manda bala, tá certo, temos que acabar com essa pouca-vergonha no Brasil... Ei, Vô, e o Capitão ainda disse que em 2020 o mais tardar a gente vai ter um tresoitão no coldre! E fazia um gesto de arminha para a gente. Só pensei uma coisa: estamos todos fodidos.

*****

Quando se vê a cara da morte quase todos os dias, como a gente vê em nossa profissão, palavra que é muito mais difícil não se parar ao menos um minuto para se pensar na fragilidade do ser humano, na nossa efemeridade. Vida e Morte estão ali ao alcance de nossas mãos. Às vezes uma, algumas vezes a outra escorrem entre os dedos, e nada podemos fazer. Naqueles dias tão dolorosos que vivemos, a vida era um barco de papel numa enxurrada, e cabe dizer que a chuva somente aumentava.

Mais um dia de trabalho. Quase vencida a primeira etapa do dia. Uma pausa entre a correria de uma ala para a outra, entubamentos, injetáveis, respiradores. Um breve repouso para nós, guerreiros sem armas, sem medalhas, sem reconhecimento público. Samuca vem chegando à área de convivência, acompanhado de outro colega, que eu reconheço pelo rosto, mas de imediato não lembro o nome.

— Fala para ele, Othon, fala!

Othon me olhou. Sorriu. Tinha uns olhos tristonhos. Nossa, como os olhos dele pareciam muito com os do...

— O que foi? Por que essa... Como era mesmo que minha Vó Maria dizia? Ah! Sangria desatada...

— A senhora nem sabe...

— Senhora? — disse Othon olhando para mim e para Sanuca.

— Oh, menino, nem te mete que isso é coisa nossa! *Coisas de casal...* — disse Samuca cantarolando um velho sucesso dos anos 1980.

Tinha como não rir daquela palhaçada? Pois é!

— Escuta só, biba, mas escuta caladinha, o que esse bofe vai dizer — alertou Samuca, E depois, se dirigindo ao Othon: Fala logo! Essa foi tua deixa.

Othon olhou para mim, e disse:

— Bom, é que eu estou desde abril trabalhando nas UTIs, né? Já vi cada coisa! Mas aí, esses dias uma coisa me chamou a atenção...

— O quê? — era eu perguntando. Logo Samuca me deu um cutucão: Porra! Deixa o menino falar...

— Um sujeito. Idade mediana. Não é do grupo de risco. Acho que por volta dos 45 anos, no máximo. Faz um tempão que está com sedação profunda. Todos os dias vem uma senhora ver o boletim médico. Todos os dias, sem mentira. O homem tinha umas convulsões esquisitas. Era como se estivesse em coma e ao mesmo tempo não estivesse, como se vivenciasse uma outra experiência além da vida e morte, sabe? Eu sou espírita e creio muto nisso.

— Mas, lindinho, me diz o que é que a Helena Rubinstein a ver com isso?

— Como?

— Deixa comigo, agora, maninho — era Samuca entrando de carrão de sena.

— Pois diga, senhor Samuel!

— Pois eu digo mesmo. Fui verificar esse caso. Bati com o nome. Dei de cara com os sobrenomes: Silva da Silva. Fui ver a ficha completa. Da mesma cidade que você. Troquei com o Othon — aliás, muito obrigado, viu bebê? Já pode ir, tá? — "a Samuca" como sempre despachada.

— E daí?

— Sabe o que eu acho? Acho nada, digo é assim: o que eu sei é que esse homem, miga, é o teu "verdinho" do passado!

— Quê? Será?

— Babado! Mas é a mais pura, transparente e cristalina verdade, sua bandida!

— O 'verdinho'! Samuca, me diz: como ele é? Não! Como ele está?

— Olha... Você quer a verdade verdadeira, ou apenas uma mentira delicada de uma velha amiga? Você decide!

— Credo! É para tanto?

Foi daí que o Samuca me deu todo o serviço. Ele soube de um paciente que já estava internado no hospital de campanha há mais de um mês — na verdade o primo ficou por quase quarenta dias — e que vinha sendo até objeto de estudos nesse período por um grupo de médicos que vinha estudando as infecções e as sequelas pela Covid-19. Um destes até apresentou o caso em tela num congresso médico virtual em meados de 2020. Com a sua curiosidade natural, o Samuca foi ver quem era a figura. Leu o histórico médico ao qual teve acesso. Viu que o paciente nascera na mesma cidade que eu, tinha o mesmo sobrenome que eu, no caso o Silva dobrado: Silva da Silva. Mas a peça que faltava mesmo veio quando ele, como quem não quer nada, viu uma senhora que não saía do lado da cama do paciente, quando este já saíra da UTI, estava na enfermaria, mas ainda inspirava cuidados. Samuca se dirigiu a ela:

— Senhora... Precisa de alguma coisa? Seu marido está em boas mãos. Estamos ministrando um novo coquetel de medicamentos para ver se ele "torna".

Ela levantou a cabeça e dirigiu aqueles olhos plácidos e castanhos como os do irmão para ele.

— Não é meu marido. É meu irmão mais velho. Somos só nós dois. Já perdemos meu pai, minha mãe e outro irmão do meio. Deus não há de querer levar ele agora, né?

Samuca sentiu o baque. Ele me disse que quase chora no momento que ela falou aquelas coisas. "Deu uma vontade de abraçar aquela mulher tão sofrida, sozinha naquela hora...". Mas ele não fez isso. Somente deu um jeito de saber o nome da mulher tão aflita.

— Desculpe! Mil desculpas mesmo, Dona...
— Lavínia. Meu nome é Lavínia Silva da Silva.
— Sou Samuel, mas todos me chamam de Samuca. A senhora quer um suco? Posso conseguir...
— Ah! Aceito sim.
Depois daquela conversa que teve com Lavínia foi que Samuca veio me procurar. Com a conivência dele e do Othon pude ir algumas vezes ver o meu "primeiro amor". Algumas vezes ele parecia estar sendo atiçado na hora que dormia. Falava coisas incompreensíveis, parecia que ia despertar, abrir os olhos – e cheguei a ter medo de que numa das vezes que o contemplava, mesmo com a máscara padrão e o *face shield*, ele fosse me reconhecer. Samuca dizia que era loucura minha, afinal fazia décadas que a gente não se via. Mas nunca tive a coragem de ir falar com Lavínia. Nunca. Sei lá por quais razões, algo me intimidava. Disse isso ao Samuca:
— Amore! É como aquela história de Las Vegas: melhor que aquilo que ocorreu no passado fique por lá mesmo...

*****

Eu estava lá quando ele saiu do hospital. Com todo o protocolo que todos os pacientes que, literalmente, ressurgiam para a vida tinham: balões coloridos, aplausos, lágrimas, vídeos postados nas redes sociais. Eu ainda arrisquei de longe acenar com um balão com o nome dele na mão, tirando a máscara e sorrindo. Tremi todo quando ele me olhou. Achei que tinha me reconhecido! Que nada... O passado passou, o futuro, depois dessa pandemia, nem os futurólogos se arriscam a dizer algo, e o palpável mesmo é o Agora, o tempo presente, os homens presentes e as dores de todos que buscamos amenizar.

Na hora da saída um imenso arco-íris abriu-se sobre a cidade, como se desfraldasse um mundo de esperanças. Pensei comigo: quem sabe se, esse arco-íris aqui encharcando nossos olhos de belezuras não é preconizador de um futuro de esperanças? Sonhar não custa nada, né mesmo?

EPÍLOGO

Estávamos eu e Samuca em mais um domingo modorrento, no apartamento dele. Depois dos tempos brumosos do ano de 2020, especialmente os meses de junho a setembro, a pandemia parecia ter arrefecido e deixado de mostrar suas garras mortais. Pois é, assim pensávamos nós, os homens de branco (médicos, enfermeiros etc.) que perdemos naqueles meses a luta para os homens de preto (político e agentes funerários). Até mesmo os discutíveis *bandeiramentos* criados para aferição das fases da doença em cada um dos 27 estados brasileiros (verde, amarelo e vermelho) estava, quase todos acenando como se fosse uma esperança que se acendesse no fim de um túnel em que estávamos perdidos e sem luminosidade nenhuma.

Então vieram as festas de fim de ano e as notícias começaram a trazer desesperanças:

"Prefeitos relaxam restrições e comércio será aberto em sua totalidade."

"Marcha de populares pede abertura integral de lojas e shoppings".

"Associações comerciais dizem que desemprego pode matar mais que pandemia."

"Brasil pode passar de 200 mil mortos pela Covid-19, dizem especialistas."

"Presidente da República promove aglomeração em praia do litoral paulista."

"Prefeito eleito de município paulista vai revogar decreto e abrir comércio em janeiro."

"Ministério Público alerta gestores para Segunda Onda da pandemia."

Na época eu até falei para uns amigos do trabalho: "Essa gente está louca! Parem o mundo que eu quero descer!". Se pudesse fazer, olha era mesmo o que eu faria. Mas o que já era ruim só poderia ficar pior. Com os badalados réveillons do Rio de Janeiro e São Paulo proibidos, começaram a bombar os feitos na surdina, os "proibidos". Sabem como é: o brasileiro adora uma contravenção, só não assume depois que errou.

"Polícia acaba com festa que tinha mais de trezentas pessoas."

"Grupo organizava Réveillon do Arromba para 500 pessoas. Polícia acabou com a festa."

"Festa em casa de Elba Ramalho cobrava mil reais de ingresso."

"Autoridades fecham clube que organizava mega réveillon secreto."

"Carreata e *buzinaço* em frente à casa de governador pedem abertura total de comércio em Manaus."

*****

E então veio Manaus, e o Inferno da pandemia abriu de novo as suas portas. Como disse o Samuca: "A gente podia esperar o quê mesmo?". Verdade. Eu via as pessoas numa aflição de viverem a vida como se fossem morrer dali a um minuto. Algumas morreram mesmo, alguns dias depois. Mas outras era como se estivessem numa daquelas produções de Hollywood, muito comuns nos anos 1980 e 1990, os *disaster movies*, e vivessem os últimos dias de Sodoma e Gomorra. Acho que *Carpe Diem* era o mote daquele tempo, embora muitos nem mesmo soubessem o que significavam as duas palavras. O Brasil do final do ano de 2020 para o tumultuado começo da nova década era, literalmente, um paraíso para os hedonistas.

Mas eu falava de Manaus. A capital amazonense, berço de cenas grotescas no começo da pandemia em território nacional, como aquelas filas de caixões esperando serem cavadas as valas para os enterros sem adeuses — coisa que os comparsas do crápula que nos presidia, especialistas em criar desinformação, alegavam ser *Fake News* — e o desespero de muitos familiares diante da falta de leitos para internação. A cidade foi duplamente castigada: foi lá que surgiu uma nova ramificação do vírus que já fora identificada no Reino Unido, de mais rápida disseminação e letal também em muitos casos. Como se isso já não fosse o bastante para os manauaras, veio a crise do oxigênio.

"Está faltando oxigênio nos hospitais de Manaus."

"População culpa governantes por falta de oxigênio."

"Cinco caminhões com oxigênio da Venezuela chegam a Manaus."

"Falta oxigênio em Manaus por aumento da demanda, não por dívida, diz governo."

"Governo foi informado dia 8 sobre escassez de oxigênio em Manaus."

"A sucessão de erros que levou à crise de oxigênio em Manaus."

"Caminhões com carga de oxigênio para Manaus enfrentam atoleiro."

"Em 'guerra sem tiro', família de Manaus usa oxigênio em casa para salvar pai com covid."

*****

No meio de tudo isso, desse turbilhão de ocorrências, veio aquele domingo, então, em que estávamos de folga do trabalho. Eu e Samuca diante da televisão. Nenhuma notícia era boa naqueles dias. Francamente, eu já estava quase para me tornar um alienado, um desses tipos negacionistas que, desde 2016 em diante dizem que a Terra é plana, que a Lei da Gravidade é discutível, contestam a Ciência sem nenhum argumento razoável, chama todos os artistas de vagabundos, sendo que muitos deles nunca trabalharam na vida e nem consome arte nenhuma. Por quê? A barra estava pesada demais para meus pobres músculos. Os negacionistas diziam que o noticiário de TV os deixava deprimidos e, assim, nada viam. Claro, os oráculos deles eram os grupos de zap com suas *Fake News*!

E eis que a Ciência anunciou seu *Fiat Lux*, através do Instituto Butantã de São Paulo. Tinha que ser num domingo, que os mais estúrdios acham ser o Dia do Descanso, mas que todos sabemos ser o primeiro dia da semana.

Tinha que ser em São Paulo, cidade mais cosmopolita do Brasil e da América do Sul.

Tinha que ter uma mulher, negra, brasileira, dessas que podemos chamar mesmo de guerreiras, e ainda por cima enfermeira. Todas as redes de televisão haviam feito a cobertura da exaustiva reunião da Agência Nacional de Vigilância Sanitária (Anvisa), a qual durara seis horas. Já pensaram o que é uma transmissão de um quarto de dia, sem cessar? Foi assim naquele domingo histórico. Cada um dos diretores da Anvisa leu seu extenso voto, o parecer técnico de aprovação ou não da vacina denominada CoronaVac, fabricada pelo Butantã com insumos da China, que a patuleia, cega e seguidora do Capitão do Mato que nos governava na época, denominava debochadamente de "Vachina."

E então, veio a vacina. Ali, diante do televisor, eu e Samuel quase chorávamos. Quem nos visse daquele jeito poderia pensar: porra, que bichas emotivas, caralho! É, creio que quase noventa por cento da população brasileira pensaria assim vendo a cena. Sim! Temos no país mais de noventa milhões de racistas, homofóbicos, misóginos, escravocratas, terraplanistas.

São noventa milhões de filhos e filhas da puta em ação!

Por isso foi emblemática para muitos de nós — literalmente invisibilizados pela nossa sociedade que ainda mantém os pés no século XIX — a vacinação daquele dia. Foi como se, por um decreto não escrito, a gente já pudesse ser feliz. Seria um Decreto assim:

Artigo 1º. — Fica decretado que todos os brasileiros e brasileiras, de qualquer cor, raça, credo ou opção sexual são OBRIGADOS a ser felizes.

Parágrafo único: Revogam-se todas as disposições em contrário.

*****

O pior — como dizemos no Pará — é que boa parte desse pretenso decreto já está contido na Constituição Federal de 1988 e nas constituições estaduais. Pena que boa parte desconhece esse livro e a outra parte o ignora: uns por desconhecimento e outros por conveniência.

Por isso nossa alegria quando vimos na tela a cena (hoje histórica) da enfermeira Mônica Calazans sendo vacinada com uma dose da CoronaVac. Samuel lacrimejou primeiro. Depois ele disse:

— Estamos vendo a história acontecer nas nossas fuças...

Pura, cristalina, transparentíssima verdade.

— Vó Maria diria assim: a verdade está entrando pelo olho cego...

Rimos juntos, entre lágrimas.

A simbologia plena estava ali: enfermeira, mulher, negra. Mônica Calazans era o Brasil sendo vacinado.

— Eu só chorei uma outra vez assim: foi no dia final da votação do impeachment da Dilma... — comentou o Samuca.

Olhei para ele, incrédulo de ouvir o que tinha ouvido.

— Ah! Meu amigo e irmão, pois eu estou quase secando minhas lágrimas. Estou tipo a letra daquele velho samba: *quero chorar, não tenho lágrimas...*

— Credo! Deus me livre! Sua bicha insensível...

Trocamos olhares de cumplicidade, rimos com os olhos e a gente se voltou para a tela do televisor. A gente sabia que depois daquela tarde movimentada no Planeta Brasil ainda viria muita coisa. E como veio!

*****

O resto foram histórias dentro da História. Algumas mal contadas, diga-se. Primeiro o erro crasso do senhor coronel-ministro, que alardeavam ser o fodástico da logística. É como dizia minha avó, com toda a sabedoria de mulher semialfabetizada:

— Elogio em boca própria é vitupério!

E é mesmo. Foi uma confusão digna de uma comédia pastelão, tipo O Gordo e o Magro ou Os Trapalhões. Primeiro na má distribuição de vacinas para os estados brasileiros. Depois no transporte. Finalmente o governo descobriu, aturdido, que para se vacinar as pessoas iriam precisar de seringas, e a estimativa feita era de que estas poderiam faltar. Novamente, no meio daquele turbilhão de incompetência, veio à baila na minha memória outra frase de Vó Maria:

— Em casa de quem é imprevidente se tem água, falta pó de café; se tem pó, falta água!

Vó Maria era melhor em logística do que o coronel apatetado, afinal ela criara filhos e netos com uma renda mínima, complementada com a venda de picolés e "chopes" de frutas acondicionados em sacos plásticos, cuja clientela no clima caloroso de Belém do Pará eram os vizinhos e vizinhas. Viva Vó Maria!

Superadas essas *pixotada*s federais, vieram as notórias exibições de má educação de brasileiros e brasileiras nos estados e municípios. As primeiras milhares de doses da CoronaVac, como não poderia deixar de ser, foram destinadas aos profissionais da saúde, em especial os da chamada "linha de frente". Aí veio a perpetuada "Lei do Murici", aquela em que cada um cuida de si. Os fura-filas chegaram logo, mesmo aqueles que, por apoiarem politicamente o energúmeno que nos presidia, desdenhavam da eficácia da vacina. Foi um tal de veterinários, assistentes administrativos e outros menos classificados tomarem o lugar na fila das pessoas a quem estavam designadas aquelas doses.

Por fim, na correria para vacinar os idosos entre 75 e 90 anos, novo rebu, com igual efeito. Alguém diria: coisas do Brasil. De fato. Ao menos daquele Brasil que nós vemos incitar uns contra os outros, achincalhar negros e homossexuais, achar normal queimarem mendigos nas ruas, trucidar índios, sonegar impostos, matar e roubar, mas que é contra o aborto legal, a cidadania para as minorias, os Direitos Humanos. Definitivamente, vivo em outro país.

Este livro foi composto na tipologia Janson Text 11/18 e impresso sobre papel Pólen Bold 90 gr/m2, na gráfica D'Print Editorial Gráfica, Rua Caetano Pinto, 195, 2º Andar, Brás, São Paulo, SP, para a Editora Letra Selvagem, em fevereiro de 2025.